KB079800

'감동적이고 은은하면서도 강력하다.'

'야심 차고 독창적이며 강렬하다. 첫애를 낳아서 힘들게 기르던 시절이 떠오른다.'

'창의력이 넘치는, 넓은 시야로 많은 걸 바라보게 하는 책.'

'*Station Eleven*의 팬들은 이 소설을 무척 좋아할 것이다.'

'놀라울 만큼 시적이다. 이미지가 곳곳에서 진주처럼 반짝이고, 이야기는 아지랑이처럼 피어오른다.'

'놀랍다. 아름다우며 통찰력이 대단하다. 이 책을 읽은 사람은 누구나 새롭게 거듭난 느낌을 받으리라.'

'이 소설은 Emily St. John Mandel의 *Station Eleven*이나 Marga--ret Atwood의 *MaddAddam* 3부작처럼, 새로운 세상이 열리리라는 확신을 보여 준다. 작가가 그린 세상의 종말은 부드러운 것이기에 미래 삶의 가능성을 약속한다.'

'전 지구적 재난에 맞선, 강렬한 모성애를 기리는 기념비.'

'대단하다. 작가는 삶이 보잘것없게 느껴질 때 본능적으로 찾게 되는 인간존재의 이유를 섬세하고 정교하게 추적한다.'

Sinéad Gleeson, *Irish Times*

'매우 훌륭하고 무척 중요하다. 대단한 걸작이다. 완벽하다.'

Nathan Filer, *The Shock of the Fall* 작가

'흥미롭고 매력적. 마침내는 희망을 보여 준다.'

Naomi Alderman, *The Power* 작가

'특별하고 놀라우며 아름다운 책. 읽은 지 몇 달이 지난 후에도 여전히 가슴속에 메아리친다.'

Evie Wyld, *All the Birds, Singing* 작가

'비범, 특별하고 미래 지향적인 신화. 새 브랜드를 붙인 모성애로 전 세계 수많은 *Vogue*를 휩쓸 태세.' *Vogue*

'완전히 설득력 있는 디스토피아. 나는 이 얇은 소설이 전하는 새로운 모성애에 푹 빠졌다.'

Cathy Rentzenbrink, *The Last Act of Love* 작가

'독특하면서도 야심 찬, 눈에 띄는 데뷔작. 독자들은 책을 내려놓을 수가 없다.' *Guardian*

'이 소설은 Cormac McCarthy의 *The Road*를 연상시킨다. 소설의 일반적인 서술 방식에서 벗어나, 시적으로 전개하는 것이 놀랍다.'

Financial Times

'아기를 안고 피난길에 나서서 사랑으로 모든 걸 이겨내는 모성애가 눈부신, 강렬하고도 괴로운 이야기.' *Stylist*

'메건 헌터의 짧으면서도 강렬한 데뷔작이 반짝 눈에 띈다. 이야기는 어두운 쪽으로, 부드럽고 심오하게 흘러가는 데도.'
Psychologies, 이달의 책

'아름답고도 많은 생각이 들게 한다. 무엇보다도 무섭지만 믿을 수밖에 없다. 지구에서 꼭 필요한 때, 희망적인 이야기가 나왔다. 놀라운 데뷔작.' *Manchester Evening News*

'격렬하고 슬프면서도 한편으로는 환하고 기쁜 순간들로 가득 차 있다.' Rowan Hisayo Buchanan, *Harmless Like You* 작가

'극한에서의 생존 문제를 다룬, 아름답고 시의적절한 책. 처음부터 끝까지 희망과 인간다움이 배어 있다.'
Lisa Owens, *Not Working* 작가

'특별하고 멋지다. 나는 이 책을 통째로 삼켜 버렸다'
Megan Bradbury, *Everyone is Watching* 작가

'아름답다. 물은 여기서는 곧 사랑이다. 사랑의 수위가 변하면 우리가 어떻게 살아남아야 하는가를 깨닫게 해 준다.'
Cynan Jones, *Cove* 작가

'이 아름답고 시의적절한 소설을 읽고 숨을 죽였다. 이 소설은 멋진 예술품이다.' Christie, *Tiny Sunbirds Far Away* 작가

끝,
새로운
시작

끝, 새로운 시작

메건 헌터 지음 | 김옥수 옮김

어머니 그리고 아들에게 바칩니다.

시작이란 곧 끝이며 끝이란 새로운 시작이다. 끝에서 우리
는 처음 시작했다.

T. S. 엘리엇, '네 개의 사중주'

*사체(斜體)*로 작성한 부분은 전 세계 곳곳에 다양하게 존재하는 신화와 경전에서 영감을 받아 채택한 내용이다.

Penelope Farmer가 편집하고 Antonio Frasconi가 그림을 그린 선집 *Beginnings: Creation Myths of the World* (Chatto & Windus, 1978)에서 고맙게도 많은 영감을 받았다.

1

이제 아기를 낳을 것 같다. 나로선 상상조차 못 하던 일이다. R은 산으로 갔다.

내가 문자를 보내니 R은 자기 친구 S를 보내서 나를 돌보게 하고, 산길을 급히 내려온다.

S는 겁에 질려서 J를 데려왔다.

J도 겁에 질려서 맥주를 가져왔다.

두 사람이 거실 한구석에서 나를 바라본다. 마치 예측할 수 없는 동물, 덩치는 산만 하고 배는 펑퍼짐하며 두 눈에는 의심이 가득한 고릴라쯤으로 여기는 듯하다. 그러다 바나나를 건네곤 한다.

두 사람이 TV를 켜서 축구 경기를 보려고 한다. 내가 끙끙거린다. 조금 더 강하게 끙끙거린다. 그러다 양수가 터지고, 축축한 느낌은 발가락 너머로 천천히 번진다.

두 사람은 물가로 날아든 작은 새처럼 부산을 떨다가, 바위처럼 거대한 내 머리맡에 앉아, 주전자에 물을 끓여서 수건을 따뜻하게 적시자고 한다.

내가 아기가 나올 것 같다고 하자, 두 사람은 물러나서 전화기를 집어 든다.

* * *

태초에 바다와 하늘만 있었다. 하늘에서 바위가 떨어져 바다 깊숙이 가라앉았다. 바위를 진흙이 두껍게 감싸니, 진흙에서 언어가 생겨났다.

* * *

산기가 있기 전에 우리는 동의했다. R 혼자 숲에 들어가서 이틀 동안 지내기로. 야영하면서 높은 산에 오르고 오솔길을 거닐고 야생 식량을 구하기로.

나는 몸이 공처럼 통통하게 불어났다. 슈퍼마켓에서 사람들이 피한다. 좁은 현관에 몸이 끼기도 한다.

머리가 저절로 동그랗게 말린다.

* * *

우리는 수중 분만을 계획했다. 은은한 고래의 노래를 틀고 최면까지 걸고. 가능하다면 오르가슴도 느끼고.

고통스럽다 못해 자제력을 잃을 거라는, 사방에 피가 흥건할 거라는 두려움이 몰려들어 평소의 배배 꼬인 성격은 벌써 멀찌감치 밀려났다.

아기가 태어나는 순간이 눈앞에 어른거린다. 처녀성을 잃을 때 그랬던 것처럼, 죽음이 그럴 것처럼. 아무도 피할 수 없는 죽음이 어디엔가 숨어서 기다린다.

예전에, 여덟 살 때, 전신주를 뚫어져라 바라보았다. 마음 속에 새겨넣어 그날 밤까지 안 잊으리라 맹세했다.

그러자 그날 전체가 완전히 사라지는 느낌이었다. 너무나 놀라웠다. 죽는 순간에 이렇게 하면 되겠다는, 그러면 그동안 살아온 인생 전체를 잊을 수 있겠다는 생각이 들었다.

어릴 적에 나는 시대의 선택을 받았다. 끝나는 시대. 살며시 다가오는 시대.

* * *

임신 32주째, 정부에서 발표했다. 해수면이 생각보다 빨리 높아진다고. 훨씬 빠르게 높아진다고. 계산 착오라고. 어설픈 영화처럼, 바다가 문제라고.

우리는 손전등을 들고 솜털 이불 밑에 어린애처럼 숨었다. R에게 묻는다. 그래도 똑같이 했을 거냐고. 이럴 줄 알았더라도. R은 대답을 안 한다.

R이 솜털 이불 밑에서 손전등을 비추고 손가락으로 동그

라미를 만든다. 나는 그걸 똑같이 했을 거라는 신호로 받아들인다.

* * *

나는 꽤 나이 든 임산부다. 하지만 그렇게 보이지 않는다.

우리에겐 가죽 소파가 있다. R이 거기다가 커피를 쏟고는 씨익 웃더니, 깨끗이 닦는다.

임신 38주째, 정부는 우리에게 다른 곳으로 이주해야 한다고 한다. 여기는 바닷물에 꼴깍 잠기는 지역, 'Gulp Zone'이라면서.

'Gulp Zone'이란 이름을 지은 사람은 몽땅 끓는 물에 삶아 죽여야 한다고 나는 투덜댄다. R은 이름이 똑같은 웹사이트를 밤새도록 뒤진다. 인터넷 속도가 너무 느리다.

* * *

인간은 미생물에서 생겨났다. 미생물에서 인간 형상이 나타났다. 흐물흐물한 덩어리에서 뼈가 자라고 살이 붙고······. 그러다 우뚝 일어섰다. 완전히 새로운 생명체였다.

* * *

J는 구급차를 부르고 S는 핼쑥한 눈으로 창문 밖을 내다본다.

나는 마룻바닥을 가만히 바라본다. 마루가 정말 아름답다고 느낀 건 그때가 처음이다.

짙은 색이 아름답다. 어둡고 작은 행성 같은 옹이 무늬가 빨갛게 이글거리며 점점 일어난다.

천지를 뒤흔드는 파도 사이사이로 세상이 반짝인다. 나는 《멋진 신세계》를 쓴 올더스 헉슬리처럼 잔뜩 흥분한다. '지금-존재함'에 흠뻑 빠져든다.

* * *

임신 39주째, 정부는 우리에게 떠나지 않아도 된다고 한다.

모든 게 착오였다는 것이다.

R이 '믿을 수가 없어.' 투덜대며 내 배를 흘낏 본다.

* * *

R은 아기가 태어나고 4분 뒤, 샛노랗고 주름살투성이인 아기를 산파가 품에 안고 있을 때 도착한다. 나는 R에게 손을 내밀 힘조차 없다. 배에 힘주며 세 시간을 몸부림치느라 두 눈까지 아프다. 온몸이 곤죽이 되었다.

* * *

*어둠 속에 마귀 떼가 날아다닌다. 섬뜩한 소리가 일다가,
사람 목소리가 들리는 순간, 모든 동작을 멈추면서 완벽한
고요에 잠긴다.*

* * *

병원에 있을 때 R이 와서 알려주었지만, 나는 이미 알고 있다. 소문이 병동을 전염병처럼 휩쓸고 지나갔다.

맞은편 침대에 내 손녀라면 딱 맞을 여자애가 한쪽 품에는 인형을, 다른 한쪽에는 막 태어난 아기를 안고 있다.

남학생 여럿이 여자애를 찾아오는데, 지나칠 때마다 내 젖가슴을 훑어보는 눈길이 느껴진다.

나는 파랗게 정맥이 드러난 가슴을 내놓고 아이에게 젖을 물린다. 아이는 신비롭고 조용하다. 가끔 옴질거리는 게, 무슨 기억이라도 문득문득 떠오르는 듯하다.

밤에는 간호사가 날개라도 돋아난 듯 등을 구부린 채 침대로 다가와서 나에게 아기를 보여 준다. 아기 눈이 상어 눈처럼 생겼다고 말한다. 모든 사람이 그렇게 말한다.

* * *

커튼 너머 여인네는 아기가 없다.

아니, 아기가 있긴 한데 위층에 있다. 전깃줄과 튜브를 잔뜩 연결한 플라스틱 상자 속에. 여인이 약을 더 달라며 울부짖는다.

골칫덩이, 간호사들이 중얼댄다. 약을 또 준다.

여인한테는 라디오가 있는데, 헤드폰을 안 쓴다. 온갖 산통을 다 겪었는데도 아기는 없으니, 뭐라고 나무랄 수도 없다.

여인은 라디오를 줄곧 틀어대고, 이런저런 청취자 참가 프로그램의 다양한 억양은 내 몸뚱이로 끊임없이 파고든다.

온갖 말이 넘쳐흐른다. 끊임없이. 야외 의자, 서류, 압박, 반응.

이런저런 말이 몸속에 꽉 들어차는 느낌이다. 욕조에 차오르는 물처럼, 소화불량처럼, 무엇 하나 안 들어맞는 비유처럼.

* * *

나는 아기 바구니를 품에 안고 레몬 젤리를 먹으면서 라디오를 듣는다.

움켜쥔 아기의 조그만 주먹이 의기양양하게 보인다. 나는 온 세상을 정복한 느낌이다.

6월 14일 1시 뉴스. 티나 머피가 방송한다. 어마어마하게 밀려오는 바닷물. 런던. 바다가 넘쳐버렸다. 줄줄이 읊어대는 거리 이름이 해상 일기예보처럼 들리더니, 갑자기 다정하고 부드럽게 다가온다. 아이들, 우리 아이들 이름처럼.

두 시간 뒤 R이 나타나서 똑같은 소식을 알리며 아기를 들어 어깨에 올린다. 자기가 잘못해서 이런 일이 일어난 것처럼.

* * *

병원이 한순간에 배가 된 듯하다. 환하게 반짝이는 방주는 새로운 사람들까지 모두 태운다.

등 터진 가운을 입고 세탁실에서 실밥을 뜯어내던 여자들이 새로 들어온 사람들을 안내한다.

음식 사정이 나빠진다.

2

사흘째 되는 날, 병원은 우리를 내보낸다. 나는 겨우 몸을 추스르지만, 아기는 건강하고 무덤까지 가져갈 이름이 생겼으니, 완벽하다.

하마터면 아기한테 '노아'란 이름을 지어줄 뻔했는데, 커튼 너머에서 다른 사람이 똑같은 이름을 말했다. 흔해 빠진 이름.

나는 머릿속 생각을 정리할 수 없어, R이 이름 짓기를 계속한다. 다른 우주에서 힘겹게 찾아낸 이름 목록을 뒤지며.

트리스탄, 칼렙, 알프레드, R이 하나씩 읽는 동안, 아기는 젖이 나오지 않는 젖꼭지를 열심히 빨아댄다.

조너스, 그레고리, 밥, 잠에 빠져드는 아기 너머로 R이 계속 읊어댄다.

퍼시, 우디, 젭, R이 창가에서 노래한다. 파도에 잠긴 채 어둠 속에 반짝이는 런던이 눈 앞에 펼쳐진다. 마지막 음절이 나오는 순간 아기는 머리를 끄덕이고, 이 마지막 음절로 결정한다. 우리는 아기를 Z라 부르고 ZZZZ라 흥얼대며 아기가 잠들기를 바란다.

* * *

우리는 Z를 보호 기능이 뛰어난 고급 카시트에 앉힌 다음 아직 남아 있는 길로 자동차를 몬다.

R이 '비치 보이스'를 튼다. 자동차가 이리저리 헤맨다. 그러다가 어찌어찌 빠져나간다.

R은 농장으로 가는 길을 확인한다. 그는 새들이 노래하는 오솔길, 급하게 꺾인 길, 좁은 길을 찾아낸다.

* * *

Z가 계속 잠자는 동안 자동차는 시골길을 구불구불 나아가다가 R이 태어난 산골로 들어선다.

우리가 도착하니, R의 엄마가 두 팔을 벌리며 뛰쳐나온다.

* * *

그날이 오면 우리는 고개를 들어, 밤하늘을 가르는 태양과 일어서는 풀잎을 볼 것이다. 사람들은 하염없이 울고, 달은 시야에서 사라질 것이다.

* * *

R의 아버지 N은 TV를 끄려 하지 않는다. 나는 주방, 화면이 안 보이는 유일한 방에서, 욱신거리는 엉덩이를 방석에 앉히고, 아기는 젖가슴에 매달린다.

R의 어머니 G는 입을 다물려 하지 않는다. 계속 중얼거리는 게 첫 번째 부작용처럼 보인다.

멈추지 않는 부작용이 하나씩 드러나고 있다.

*   *   *

사흘째 되는 날에 태양이 높이 떠오르자, R이 집을 짓기 시작한다. 마당에 있는 헛간을 조금만 수리하면 우리가 지낼 수 있다는 것이다.

Z가 뜨는 눈이 매일매일 조금씩 커진다. 심장은 어떻게 뛰는지, 산소는 어떻게 빨아들이는지, 허파 주머니는 어떻게 늘리고 줄이는지 등등, 숨 쉬는 복잡한 과정 하나하나를 끊임없이 살핀다.

그 숨을 어느 순간 멈출 것 같다. 가끔은 잠을 너무 조용히 자는 게, 세상을 뜬 것 같다.

*   *   *

우리는 R이 어릴 적에 쓰던 침실에서 거의 모든 시간을 누워 있는데, 지금은 Z가 움직일 때마다 삐걱대는 아기 바구니와 2인용 침대가 있다.

아래층에서는 온갖 뉴스가 자동차처럼 휙휙 지나간다. 차라리 내 등이 물에 잠긴다면 모를까 뉴스가 현실로 느껴지지 않는다.

Z는 현실이다. 고양이처럼 조그만 머리도, 냄새가 달콤한 똥도 현실이다. 뉴스는 휙휙 지나간다. 무시하면 그만이다.

* * *

나는 아침마다 질퍽한 침대에서 깨어난다. 젖가슴에서 젖이 흐르는데 그냥 누워 있기 때문이다. Z가 몸을 뒤척이자 바구니가 움직인다. R은 벌써 나갔다. 가만히 귀를 기울이면 마당에서 R이 망치질하는 소리가 들린다.

온갖 단어가 어릴 적 갖고 놀던 수많은 글자 자석처럼 둥둥 떠서 계단을 올라온다. 멸망, 문명, 파국, 인류.

Z를 데리고 마당으로 나가서 나무 그늘에 들어서면 Z가 눈을 활짝 뜨는데, 그 눈에는 기쁨이 가득하다. 나는 Z의 머리에 키스하고 함께 R을 지켜본다. 마당에는 판자 더미만 있지, 집은 없다.

* * *

내가 좋아하는 시간은 N과 R 그리고 가끔은 G까지 함께
생필품을 구하러 자동차를 몰고 나가는 시간이다. 한 번
나가면 몇 시간씩 걸린다. 끝없는 줄서기, 물자 부족, 아귀
다툼 때문이다. 나는 면제다. Z를 돌보면서 체력을 회복해
야 한다.

이럴 때면 나는 책을 읽거나, 뉴스가 하나도 안 나오는 영
상을 시청하고, Z는 내 배에 올라와서 잠잔다. 가끔은 이
웃이 선물한 유모차에서 자기도 하는데, Z가 잘 때 나는
화장실 세면대로 가서 노랗게 물든 아기 옷을 빤다.

똥 덩어리가 둥둥 떠서 조그만 짐승처럼 물구멍으로 내려
간다. 물이 두 손 위로 출렁이면서 세면대로 흘러든다. Z
는 계속 숨 쉰다. 뉴스가 안 들린다. 망치질 소리도 안 들
린다. 내가 좋아하는 시간이다.

* * *

G는 말을 멈추지는 않겠지만, 행복한 얼굴이다. 그 어느
때보다 행복한 표정이다. G는 이건 전쟁과 같다고 끊임없

이 말한다. 전쟁터에 나간 적이 한 번도 없으면서.

G는 간단한 재료로 간단한 음식 만들기를 좋아한다. 일주일 내내 다진 고기를 요리하기도 한다. G가 전쟁 같다고 말할 때 내 머리에는 한쪽 끝을 문고리에 걸고 다른 쪽 끝을 벽난로 앞 의자에 걸어 길게 늘어뜨린 고기 힘줄만 떠오른다.

예전에는 G에게 뭐라고 대답할지 몰랐다. 하지만 지금은 빙그레 웃는 얼굴로 쳐다보며 Z의 엉덩이를 툭툭 친다. Z 덕분에 좋은 핑곗거리가 생겼다.

* * *

요즈음은 삶의 대부분을 배에서 보내는 느낌이다. 병원선, 다음에 시부모 집배, 앞으로 우리가 살아갈 조그만 통나무배.

R은 계속 수리하는데, 판자 더미는 바닥에 그대로다.

* * *

세 사람이 생필품을 구하러 나갔다가 돌아오지 않은 날은 화창했다. 태양은 녹색 잎사귀 사이로 내리쬐고, 아기는 통통하게 살이 오른다.

수프를 데운다. 시간은 계속 흘러, 결국에는 냄비를 벽난로 위에 옮겨놓는다.

나는 Z에게 노래를 불러 준다. 하늘이 어두워지다가 깜깜하게 변하는 광경도 지켜본다.

우리는 잠자리에 든다. 나는 Z를 바구니에 넣는 대신 침대 옆자리에 뉘어, 고동치는 아기 뺨에 코를 들이민 채 깊이 잠든다.

* * *

그날이 오면 바람은 복수하듯 들판으로 거세게 몰아치고, 엄마는 아이를 단단히 붙잡고, 목동은 양 떼를 잃는다.

* * *

아침에 일어나니, 기분이 묘하다. 속이 텅 빈 느낌이다. 야

영할 때 그랬던 것처럼. 내가 새끼를 목에 매단 곰 같다는 느낌이 들 즈음, 자동차 소리가 들린다.

R과 N이 천천히 내린다. G가 없다. 두 사람은 병사처럼, 오래된 사진 속 빛바랜 사람처럼 집으로 들어온다.

G가 없다.

* * *

자동차 뒷좌석에 손수건 한 장, 구겨진 새 그림. G가 제일 좋아하던 손수건.

뒤 트렁크에 비스듬히 실린 초라한 꾸러미 몇 개, 대충 쌓아 놓았다.

* * *

R과 N은 예전과 완전히 다른 모습으로 들어와 앉는다. 나는 Z를 어깨에 올려놓고 당연히 그래야 할 것처럼 차를 끓인다. 설탕을 몇 숟갈 넣고 휘젓는다.

사람이 너무 많아. 물건은 너무 적고. R이 중얼댄다.

아수라장. N이 어려운 단어를 식탁으로 툭 뱉어낸다.

G는 어디에도 없는데, 주방은 G로 가득하다. G의 얼굴이
주전자에서 반짝이고, G의 허리춤은 항아리를 감싼다.

R과 N이 차를 물끄러미 쳐다본다. R이 차에 후우 입바람
을 분다. 마시는 사람은 없다.

3

Z가 웃는 법을 배웠다. 자지러지게 웃는다. 내면에서 뿜어대는 웃음에, R과 나는 그 얼굴에서 미소가 사라질 때까지 바라보며 환하게 웃는다. 갑자기 웃음이 흐드러지게 쏟아진다.

내가 '갑자기'라고 말한 건, Z가 진짜 대단하게 웃는 사람처럼, 웃는 법을, 혹은 자지러지게 웃는 법을 처음 배운 사람처럼 내 눈을 사로잡기 때문이다.

그런데 R은 웃지 않는 법을 배웠다. 얼굴에 맴돌던 미소가 안 보이는 곳으로 가라앉았다. 망치질도 멈췄다.

* * *

옛날옛적에 바다가 일어나서 눈에 보이는 모든 걸 뒤덮었다. 숲과 짐승은 물론 산까지 뒤덮어, 빙하가 둥둥 떠다녔다.

* * *

이제 나는 Z에다가 N까지 돌봐야 한다. 그런데 R은 이불만 뒤집어쓰고 있다. 손가락으로 동그라미조차 만들지 않는다. 배에 Z를 올려놓아도, Z가 먹을 거 좀 달라며 저에게 입을 벌려도 가만히 있다.

나는 아기를 떼어낸다. 아기한테서 아빠 냄새가 난다.

N은 침대에서 일어나, 가끔은, 혼자 옷을 입을 수 있다. 혼자 세수도, 때로는, 할 수 있다. 요리는 할 수 없다. 이런 일은 G가 다 했다.

R이 자주 말한다. 두 사람은 언제나 구식으로 살았다. 구슬가방이나 턱수염이나 크고 동그란 선글라스처럼. 고풍스럽다.

* * *

나는 내가 할 수 있는 일을 한다. 파스타를 끓여서 깡통에
든 소스를 붓는다. 나는 필요한 이상을 먹는다. 안 그러면
둥둥 떠내려갈 것 같다. 나를 지상에 붙들어 매는 건 Z밖
에 없는데, Z는 여전히 가볍다.

나는 예전에 산 고물 캐리어에 Z를 태워서 밧줄로 몸에 묶
는다. Z는 이러는 걸 싫어한다. 수면 위로 튀어 오르는 물
고기처럼 온몸을 비튼다.

Z는 내가 자신을 불길에서 구해내기라도 하듯 안고 가는
것을 좋아한다.

* * *

이런 일이 있고 엿새째 되는 날 나는 망치를 들고 정원으
로 간다. R이 그동안 한 일을 살펴보지만 별다른 진척이
없다. 망치로 때리자, 못이 판자에 수직으로 박힌다. 다시
망치로 때린다. 기분이 좋다. 섹스나 살인을 한 것처럼.

풀밭에 깐 담요에서 Z가 바라본다. 쾅 소리가 들릴 때마다

움찔한다. 나는 망치질을 멈춘다.

* * *

N은 이제 뉴스를 안 듣는다. 보지도 않는다. 아무도 뉴스를 안 듣는다. 그래서 우리는 아무것도 모른 채 오랜 시간을 보낸다. 우리는 세상과 그렇게 멀어진다.

장기 자랑만 내보내는 TV 채널이 있다. 이제는 N이 제일 좋아하는 채널이다. 아침부터 TV를 켠다. 장기 자랑을 방송할 때면.

Z도 장기 자랑을 좋아하는데, 재미있는 프로그램이라는 건 나 역시 부인할 수 없다. 출연자가 끊임없이 바뀌며 무대에 올라 진지하게 노래한다. 눈물을 흘린다. 자비를 갈구한다.

마침내 우리는 TV 앞에서 음식을 먹기 시작한다.

* * *

새벽빛이 처음 비칠 때, 바다에서 먹구름이 일어났다. 태

풍이 하늘을 휘감으며 거대하게 다가오는 모습이 눈앞에 가득했다.

*　*　*

삼 주째 되는 날 R이 일어났다. 가장 노릇을 하기로 마음 먹은 것이다. R은 장기 자랑 채널을 끈다. N이 반발하지만, R은 찬장을 활짝 열어젖히고 속을 샅샅이 뒤진다. 그리고 뉴스를 켠다.

나쁘다. 뉴스 내용이. 언제나 그랬듯 나쁜 뉴스인데, 이번엔 더 나쁘다. 훨씬 절박하다. 누구도 바라지 않는 상황이다. 누구도 바란 적 없는 상황이다. 뉴스 내용이 너무나 절박하다.

보이세요? R이 소리치며 TV를 가리킨다. 그와 동시에 Z가 울음을 터뜨린다. 나는 아기를 안아 올려서 달랜다. 귀에 대고 노랫가락을 흥얼댄다.

*　*　*

극심한 공포, 좌절. G. 공포에 떨다. 좌절하다.

* * *

Z는 내가 불러주는 노래를 좋아한다. 신나는 동요든, 애절한 노랫가락이든.

Z가 태어나기 직전만 해도 노랫가락이 사방에서 피어올랐다. 여름철 자동차에서 흘러들고, 포장도로에서 뿜어나오고, 과자에서 튀어나왔다.

나는 풍선 같은 Z의 뺨에 대고 가락을 흥얼댄다. Z가 기억하는 것 같다.

우리는 춤을 춘다. 나는 어린 Z의 겨드랑이에 두 손을 넣고, Z는 두리번거리는 눈으로 내 눈을 바라보고, 우리는 그렇게 춤추며 나아간다.

* * *

Z가 뱃속에 가득 차 있을 때, 나는 통근 열차를 타고 직장에 다녔다. 볼록해진 배로 노랫가락이 흘러내리다 귓속으로 파고들었다.

승무원은 안내 방송을 마지막 순간까지 늦췄다. 나는 시간이 빨리 흐르도록 눈에 들어오는 것에 관심을 집중했다. 사내 팔에 난 털은 손목시계 밑에서 부스럭대고, 여자의 녹색 구두에서는 악어가 번뜩였다.

정거장에 닿는 순간 우리 모두 화살처럼 솟구치며 각자 목적지로 나아가고, 서로 밀치느라 그런 광경은 한순간에 사라졌다.

한 번은 어떤 사람이 나를 넘어뜨렸다. 우연이었을 거다. 그 사람은 뒤도 돌아보지 않았다.

*　*　*

이제 우리는 한 방에서 잔다. 무얼 하더라도 아기를 깔아뭉갤 염려는 없고, 꿈속에서 아기 숨을 틀어막을 걱정도 없다.

밤이면 R이 새롭게 해석한 뉴스를 마구 쏟아내서 네모진 방을 가득 채운다. 불빛이 커튼을 에워싸듯.

수많은 사람이 잠자리에 든다. 그들 침대 시트로 파도가 몰아친다. 밤은 그렇게 흘러간다. 한 시간씩 한 시간씩.

R이 소리치자, Z가 돌아본다. 솜털 보송보송한 이마를 찌푸린다.

* * *

아침이면 R은 망치질 대신 흙을 판다.

우리는 먹을 채소를 직접 기른다. 우리는 이기려고 흙을 판다. 우리는 환경을 지키는 영웅이다.

우리는 깡통 음식을 먹으며 버틴다. 그러면서 기다린다.

* * *

바닷물은 부풀어 오르고 또 오르고, 어디서 어떤 물이 몰려들지 아무도 모르고, 하늘은 비를 끝없이 퍼부었다.

* * *

채소는 아직 싹도 트지 않았다. 찬장이 하루가 다르게 비

어 간다. 판자를 댄 뒷면, 빛바랜 모서리가 보인다. 예전에
안 보이던 거다.

좋아. R이 N과 함께 식량을 구하러 나간다.

R은 N을 집에 남겨두려 하지만, N이 고집을 부린다. 그
순간, 나는 두 사람 옷자락을 붙잡고 나가지 말라고 울부
짖는다. 그런데도 두 사람은 나간다.

*　*　*

우리 둘만 남고 사흘째 되는 날, Z가 처음으로 웃는다. 나
는 Z에게 상체를 숙여서 마음이 복잡한 노래를 불러준다.
Z의 아빠와 할아버지에 대한 노래다.

그러자 Z가 입을 크게 벌리고는 몇 주는 숙성한 듯한 웃
음을 터뜨린다. 엄청난 웃음. 사람을 정말로 즐겁게 하는
웃음이다.

나는 아기 머리를 머리에 대고 아기 귀 바로 윗부분 냄새
를 맡는다. 아기를 그대로 삼키고픈 마음마저 일으키는 냄
새다.

* * *

우리는 하루에 두세 시간씩 장기 자랑 프로그램을 시청한다. 밭도 바라본다. 채소가 갑자기 돋아나기라도 할 것처럼. 찻길도 바라본다. 자동차가 돋아날 때를 대비해서.

* * *

나는 간호사가 일러 준 것처럼, 아기를 안고 나가서 한낮의 조용한 태양에 벌거벗은 몸을 드러낸 채 침대 시트에 몸을 맡겨 햇빛을 쐰다.

내가 더없이 차분한 건 사실이다. 미련한 거냐 아닌지는 모르겠다.

아기가 어디서도 본 적 없는 기술로 입을 젖꼭지에 갖다 댄 건 사실이다. 아직은 마음대로 못 움직여서 팔다리를 덜렁댄다. 힘이 많이 부족하다.

그런데도, 가슴을 열고 빨고 삼킬 수 있으니, 많이 발전했다.

아기가 나를 먹여 주고, 포근한 빛을 꾸준히 비추는 것 같다.

* * *

아기가 몸을 구부리면 새우처럼 보이기도 하고, 막 피어난 새싹처럼 보이기도 하고, 아직은 몸을 똑바로 못 펴는 조그만 인간처럼 보이기도 한다.

하루는 장기 자랑을 보려고 뉴스 채널을 빠르게 돌린다. 싱크대 끝에서 유리잔을 소맷자락으로 잡으려는 것처럼. 비유가 좋다. 딱 그렇다. 바닥에 내동댕이쳐진 유리잔이 산산이 깨져 온통 유리 조각이다. 날카롭다.

나는 채널을 계속 돌린다. 뉴스에 사로잡히기 전에 휙휙 넘긴다. 마지막 인사라도 하려는 듯 거적때기 밑으로 두 발을 내민 시체를 본 것처럼 재빨리, 당혹스럽게.

* * *

나는 아기 살냄새를 좋아한다는 걸 인정하게 되었다. 여기서는 좋아할 게 없다. 무엇 하나. 행주로 훔치면 반짝이는

45

주방 식탁까지.

R이 일구어놓은 밭. 다시 무너졌다.

Z는 젖을 너무나 좋아하는 나머지 젖만 먹으면 멍청해지는 것 같다. 술에 취한 듯 젖가슴에서 떨어지니 말이다.

* * *

짐승은 모두 죽었다. 움직이는 생물은 모두. 온 세상을 뒤덮은 물 위에서 남자 하나와 여자 하나만 살아남았다. 나무 상자 안에서.

* * *

하나. G가 입던 옷 냄새. 좀이 슨 얇은 천에 햇살이 비치는 광경을 떠올린다. 텐트 같은 G의 치마에 내가 Z와 함께 들어가 누울 수 있을까도.

또 하나. G가 쓰던 마스카라가 싱크대 벽으로 움푹 들어간 비누통에 있다. 마스카라는 거기서 또르르 굴러다닌다.

* * *

처음 만날 때, G는 나한테 팔짱을 꼈다. 그리고 손을 꼭
잡았다, 손가락이 아프도록.

G는 내 어깨에 얼굴을 대고 말했다. R 얘기를 하면서, 고
맙다고 했다.

G의 입에서는 연어 냄새가 희미하게 흘러나왔다. 참나무
연기로 훈제한 연어, 포장지에 적힌 것처럼, 숲속 오두막에
매달아 놓았다고 생각했다.

며칠이고 몇 주고 몇 달이고 매달아 놓았다고. 숙성될 때
까지.

* * *

장기 자랑 프로그램에서 사람들이 참가자를 괴롭힌다. 참
가자가 탈락한 것처럼 까마득한 절벽 위에 발목을 붙들어
대롱대롱 매단다. 그러다, 갑자기 잡아당겨, 햇살이 환한
곳으로 들어 올린다. 영광. 의기양양.

바다가 넘치기 10년 전, 8년 전, 3년 전 프로그램이다.

* * *

나는 자동차 소리에 귀를 기울이지 않으려 애쓴다. 자동차 소리가 심장박동처럼 윙윙대기 때문이다. 이 말은 내가 귀를 마냥 기울이고 있다는 뜻이다. '나는 그대를 언제나 사랑할 거야'를 1만 번째 중얼댄다. Z의 숨소리에 귀를 기울인다. 이제 묵직하다. 훨씬 단단하고 생생하다.

더 이상 잠자다가 아기를 깔아뭉갤 걱정은 않는다. 나는 상어처럼 잠자며 밤새도록 유영한다. 밤새 한 번도 안 멈춘다. 완벽한 공포와 완벽한 헌신 사이를 빠르게 나아간다. 어둠 사이를 헤치고 나아가는 지느러미처럼.

내가 가장 용감할 때다.

* * *

산봉우리가 물에 잠기고, 하늘 아래 모든 땅이 잠기니, 땅 위에 무엇 하나 움직이는 것이 없구나.

* * *

조용한 것은 종류가 아주 많은데, 모조리 단어 하나로 표기한다. 집 안이 조용하다는 건 다른 소음이 사라지고 거칠고 껄끄러운 느낌이 조용히 깔리면서 조금씩 묵직하게 변한다는 뜻이다.

Z도 변화를 알아챈 것 같다. 잠에서 깨어나도 안 운다. 두꺼운 담요로 입을 틀어막은 듯 조용하다.

아니면 그게 자연스러울 수도 있다. 알아채는 게 당연하니까.

내 숨결이 자기 볼에 시큼하게 닿는 순간 아기가 깨어난다. 아기가 어떻게 느낄지 궁금하다. 이렇게 삭막한 분위기를, 밤마다 다가가는 내 입술을.

* * *

여기서 기다리라고 R이 말했다.

* * *

나는 음식 문제를 하나같이 젖으로 연결하기 시작했다.

꺼림칙해서 안 먹던 감자 통조림, 너무 매끈매끈한 렌즈콩, 얼어붙은 손가락 같은 소시지, 벌레 먹은 쌀. 이 모든 게 결국에는 젖이다.

하나씩 맛본다. 묽고 달콤하다. 하나하나가 내 몸속에서 겨울철 온천 수증기처럼 일어난다.

당장은 젖이 너무 많다. 젖이 솟구치는 느낌이 부담스러우면서도 달콤하다. Z가 입을 떼면 젖이 공중으로 뿜어 오른다. 하얀 분수가 아기 코와 턱과 눈꺼풀로 떨어진다.

얼마나 버틸지, 여자의 몸에서 젖이 얼마나 나오는지 궁금하다. 구글에서 알아보고픈 마음이 굴뚝같다.

* * *

물이 빠져 땅이 드러났는지 보려고 비둘기를 보냈으나, 비둘기는 내려앉을 곳을 찾지 못했다.

* * *

머릿속 기억이 하나씩 빠져나간다. 사무실 복사기에서 나는 이상한 냄새. 기계만 가득한 차가운 방. 조그만 창문, 수도원처럼.

R이 피아노를 연주할 때면 두 손 손가락뼈가 살갗 밑에서 거미처럼 빠르고 활기차게 움직인다.

처음 마시는 아이스 마가리타 칵테일. 혀에, 목구멍에, 가슴에 닿는 느낌. 삼키는 순간. 대단하다. 끝내준다.

이런 게 삶의 흔적 같다. 향기롭든 고약하든.

이제 하루하루가 얇아지면서 길게 늘어나니 시간만 흘러넘친다.

어제도 오늘처럼 배를 가득 채웠다. 젖가슴이 단단하기도 하고 물컹하기도 한 게, 안에 시계라도 있는 것 같다.

이제 인터넷도 없고 전화도 없다. 배를 가득 채우고 비워내는 게 전부다. 젖이 들어차서 단단한 젖가슴. 젖을 내보내는 따끔한 느낌. 이게 전부다.

$$4$$

자동차는 내가 바라보지도 않고 듣지도 않을 때 도착한다. 나는 침실에서 햇살을 온몸으로 받으며 잠자고, Z는 내 배 위에 엎드려서 엄마 살냄새에 흠뻑 빠져들고 있었다.

R은 한밤중에 기관총을 들고 아이 방에 뛰어드는 사내처럼 방으로 들어선다. 실제로 총이 있는 건 아니지만 느낌 자체는 그랬다. 그 장면을 영화에서 본 것 같다.

지금 당장 떠나야 한다고 R이 소리친다.

나는 잠자다 깨어나서 아무 생각이 없다. 까마득히 잊고 있었다. R의 입에서 나온 말이 눈앞에 아롱거린다. 상황이

다급하게 돌아간다고 말하려는 것 같다.

Z가 고개를 든다. 당당하게. 울지 않는다. 하지만 날벌레라도 쳐다보는 눈으로 자기 아빠를 바라본다. 궁금하지만 별볼일은 없다는 표정이다.

* * *

자동차에서 기저귀를 안 가져온 걸 깨닫는다. 아기가 크는 만큼, 찬장에 가득 쌓아놓은 기저귀는 매일 줄었다. 그걸 그냥 두고 나온 것이다.

기저귀. 내가 나지막이(*sotto voce*) Z에게 말한다. R은 차갑게 무시한 채 자기 어깨에 안전띠를 두른다.

차가 달리는 동안 Z의 옷에서 흘러내리는 똥 덩어리를 손바닥으로 쓸어 담는 상상을 한다.

기저귀는 뒷좌석에 있어. R이 꽉 다문 입술 사이로 내뱉는다. 자동차를 탱크처럼 모는 중이다.

나는 뒤를 돌아본다. 창고형 매장에 쌓여 있던 통조림이 뒷좌석에 가득하다. 그 한구석에는 다행히 기저귀로 보이는 꾸러미가 있다. 기린 목 그림이 얼핏 보인다.

R은 얼굴이 샛노랗다. 2주 전 떠날 때 입었던 옷을 그대로 입고 있다. 나는 아무것도 묻지 않는다.

* * *

한동안 자동차가 하나도 안 보인다. 하지만 여기서는 그게 정상이다.

Z는 곤하게 자는데, 거친 호흡이 신경 쓰인다. 자동차가 보일 때마다 R이 움찔한다. 비는 오고, 와이퍼 소리가 들린다. 그게 전부다. 전조등이 아직까지 작동하는 차도 있는데, 차 색깔은 골동품 같다.

* * *

잠에서 깨어나니 R이 똑바로 앉아 있다. 뺨에 살짝 긁힌 자국이 있다.

통제선을 넘어간다고 R이 말하면서 웃는다. 이 단어는 간격을, 내가 건널 수 없을 만큼 먼 의미심장한 거리를 뜻한다.

길가에 무리 지어 걷는 사람들이 보인다. 탈것도 없는데 우르르 얻어타려 달려들 듯한 풍경이다. 아이를 등에 업은 사람도 있다. 다리를 절뚝이는 사람도 있다.

가볍게 산책할 때나 입을 얇은 우비를 하나같이 걸쳤다. 색상이 밝다. 노란색, 보라색, 청록색. 깃발처럼 화려하게 보인다.

* * *

우리는 자동차에서 잔다. 좌석을 뒤로 간신히 젖힌 채. R이 손가락을 변속 레버로 늘어뜨린다. 우리 손이 가끔 닿는다.

Z가 입을 살짝 내리기만 해도 나는 젖꼭지를 밀어 넣는다. 신나게 빤다. Z는 더없이 만족스럽다.

나는 10년 동안 고아로 지냈다. 우리는 모두 형제가 없다.

창문이 까맣다. 완벽하게 새까맣다. 여기 있는 사람은 우리가 전부다. 사실, 이런 기분을 우리는 거의 항상 느꼈다.

* * *

진흙 한 줌으로 남자를 만들고, 남자한테서 여자를 만들었다. 두 사람을 동굴에서 살도록, 그래서 자녀를 낳아 온 세상을 가득 채우도록 했다.

* * *

R이 청혼할 때 우리는 지구의 중심에 있었다. 가이드는 우리를 땅바닥에 그어진 선으로 데리고 갔다. 선 이쪽에서는 물이 아래로 내려가고, 선 저쪽에서는 반대편으로 내려가는 광경을 보여주었다.

나로선 두 눈으로 보고도 믿을 수 없었다.

우리만 남자, R이 주머니를 뒤지기 시작했다. 좋은 장소, 좋은 기회라고 생각한 것이다.

오랫동안 잊고 지냈던 기념비적인 순간이라는 느낌이 든

다. 청혼. 다시 떠올릴 때 어떤 느낌이 들지 궁금했다. 적
도의 낯설지만 맑은 열기. R이 나한테 얼굴을 돌린다. 기념
품처럼.

*　*　*

여기는 훨씬 춥다. 자동차에서 자니까 온몸이 쑤신다.

R은 매트리스를 한 줄로 기다랗게 깔아놓은 공공기관, 교
회, 학교 건물을 두려워한다. 들판에 펄럭이는 하얀 천막
을, 수용소를 안 믿는다.

우리한테 필요한 건 다 있다고 R은 말한다. 그러고는 Z를
두 팔로 안아 옮기니, 내 몸이 너무나 가볍다. 하늘로 올라
갈 것처럼.

학교 다닐 때 우리는 서로 오랫동안 팔을 꼭 붙잡곤 했다.
팔을 놓으면 공중으로 둥둥 떠오르기라도 할 것처럼.

한 번은 실로 손가락을 묶었다. 빨갛게 변할 때까지, 그러
다 파랗게 변할 때까지.

밤에 Z를 뒷좌석에 담요로 감싼 채 뉘어 잠들자, 우리는 작은 숲에서 모닥불을 피운다. R은 보이스카우트 실력을 뽐내고 나는 배우는 척한다.

이때 비로소 N은 어찌 됐는지 묻는다. R은 눈물이 그렁그렁한 얼굴을 내 무릎에 누인다. 그리고 말한다. 상황이 순식간에 어떻게 돌변했는지.

나는 R의 곱슬머리를 쓰다듬는다. 까마득한 옛날에 생긴 습관처럼. R의 매혹적인 곱슬머리, 순진무구한 미소. 효과는 없다.

하늘에 가득한 별이 보인다. 별빛이 곧장 쏟아진다. 무심하게 번뜩이며.

R의 목구멍에, 가슴에, 손가락 관절마다, 할 말이 가득하다. R도 어쩔 수 없다. 손을 가만히 부르르 떤다. 내 무릎에서.

요새는 이런 일이 몇 초 안에 일어날 수 있다. 아니, 찰나에 일어날 수 있다.

G가 한 말이 나름대로 옳았다는 게, 전쟁이라는 게, 드러났다. 지금껏 나는 G가 하는 말을 진지하게 받아들인 적이 한 번도 없었다.

* * *

R에 따르면 당시 있었던 일은 이렇게 요약된다. 말다툼, 몸싸움, 살육.

R이 말한다. N의 손목시계를 가져왔다고, 어딘가에 두었다고, 손목에 차지는 않겠다고.

* * *

Z가 감기에 걸렸다. Z에게는 첫 번째 질병이다. R이 신선한 공기를 쐬면 깨끗이 나을 거라 한다. R은 Z를 품에 안고 오랫동안 산책한다.

나는 자동차로 돌아와서 통조림을 다시 정리한다.

*　*　*

N은 우리 곁을 떠나지 않았다. 하지만 우리랑 여기까지 오는 일은 결코 없다. 아침마다 이슬이 축축하기 때문이다. 풀잎마다 가득한 물기가 우리 신발을 기다린다.

N은 널찍한 궁둥이를 소파에서 들어 올려 방귀를 뿡뿡 뀌어댄다. 창피하지 않은 것 같다. Z와 똑같다. 스스로 자유롭다.

R이 추억을 떠올린다. N이 R을 번쩍 들어서 공중으로 던진 순간을, 그리고 다정하게 받아주던 순간을.

*　*　*

나는 Z 곁을 맴돌면서 감기가 어떤지 살핀다. 숨이 거칠다. 갓 태어날 때처럼. 목 안에 가래가 가득하다.

*　*　*

인간은 흙에서 생겨나니, 그 콧구멍으로 생명의 기운이 들어갔다. 그 기운이 온몸으로 번져서 숨을 쉬고, 그렇게 생

60

명체가 되었다.

* * *

하루는 밤에 Z가 노파나 작은 강아지마냥 거친 소리를 뱉어낸다. 육아 책에서 본 내용을 떠올린다. 물개가 짖어대는 소리에 관한 거다. 나는 물개가 짖는 소리를 들어본 적이 없지만, 이 소리가 그 소리인 것 같다.

Z는 태어날 때 자궁에 걸려서 몇 시간 동안 꼼짝을 못했지만, 마지막으로 힘을 주는 순간에 갑자기 쑥 빠져나왔다. 파도에 올라탄 물개처럼.

Z는 계속 자란다. 배내옷 발치 쪽으로 발가락이 닿아 팽팽하다. 나는 빵칼로 배내옷 끝을 자른다. 삐져나온 발에 양말을 신긴다.

* * *

Z가 한 주일을 힘겹게 보내더니 젖을 안 먹는다. 부드러운 젖가슴에서 고개를 돌린다. 이제 질렸다는 듯. 낮에는 온종일 자고, 밤이면 여전히 물개로 변한다.

*　*　*

어둠 속에서 나는 우리가 할 일을 R에게 말한다. 대낮에
말하면 얼굴이 다시 샛노랗게 변하면서 고개를 젓는다. 사
람들한테서 멀리 떨어지고 싶은 거다. 언제나.

내 목소리가 R의 귀에 최면처럼 작용하기만 갈망한다. 밤
새도록 최면을 건다. 등이 아플 만큼 상체를 기울인 채. R
이 나를 살짝 밀쳐낼 정도로.

*　*　*

아침에 상황이 급박해진다. Z의 입술 모서리가 살짝 파랗
게 변한다. Z는 두 눈을 꼭 감는다. 그런 모습은 생전 처
음이다.

R이 미친 듯이 자동차를 몬다.

5

우리는 병원으로 다시 들어선다. 수천 km 거리와 수천 년 세월을 떨쳐내고.

수천 년 세월이 앞으로 가는지 뒤로 가는지는 분명하지 않다. 병원이라고 해도 하얀 지붕, 침대와 의자를 늘어놓아 사방에서 사람들이 쏟아져나오는 커다란 방이 전부다.

수많은 인파를 보는 순간 R이 움찔한다. 알레르기 현상 같다.

의사들은 R이 응급 상황인 걸로 여긴다. 야위었지만 환하게 빛나는 R을. 나는 아니라고, 아니라고 소리치며 의사들

품으로 Z를 떠민다.

불안하다. 의사들이 받아줄지, 요새도 치료하는지, 아기가 아직도 중요한지. 그렇다. 의사들이 받아준다.

＊　＊　＊

R은 여기서 잠잘 수 없다는 말을 듣는다. R이 다행스러워한다.

밤에는 텅 빈 천장을 끝없이 바라본다. 두 눈이 저절로 감길 때까지. 별빛은 안 그립다.

의사들이 주사를 놓는다. Z가 자지러지게 울어 대다가 간간이 훌쩍인다. 하지만 이제는 숨소리가 돌아온다. 노파나 조그만 강아지나 물개는 멀리 사라진다.

＊　＊　＊

아기는 황금알에서 태어났다. 알이 두 쪽으로 갈라지는 순간, 껍데기 반쪽씩은 각각 하늘과 땅으로 변했다.

* * *

이제 하룻밤만 더 치료하면 된다는 말을 듣는다. Z는 입술에 혈색이 돌더니, 젖가슴에 다시 매달린다. 부활한 생명체.

우리는 자동차로, 우리의 삶이 되어버린 끝없는 방랑으로 돌아온다. 날이 춥다. Z가 기침한다. 딱 한 번.

이제 됐어. 내가 말하자 R은 자동차를 세운다.

* * *

R은 괜찮은 난민 수용소를 찾아보려고 하지 않았다. 수용소를 비교하고 평가하는 데 시간을 쓰지 않았다. 수용소 자체를 바라지 않았다.

우리는 내가 이제 됐다고 한 뒤 두 번째로 나타난 수용소 앞에 자동차를 세운다. 눈물을 짜면서 논리적으로 마냥 설득하다가, Z가 코 고는 소리에 끝낸다.

자동차에 통조림이 가득하긴 해도, 우리는 한계에 도달했다. R은 우리가 강도를 당할 거라고 말한다.

하지만 여기엔 의사와 침대와 히터가 있고, 그리고 겨울이 다가온다고 나는 말한다.

재난을 앞두고도 몇 시간 동안 되풀이하며 지겹게 해댔던 말들이다.

이런 과정을 지나 우리는 26호 천막을 배정받는다. 야전침대와 아기 바구니가 있다. 담요도 있다. 비 맞은 개 냄새, 풀 냄새도 난다. 음식은 세 끼를 준다. 매일 매일 매일.

* * *

R은 내가 생각한 것보다 훨씬 오래 버틴다. R이 떠날 즈음에는 Z가 물건 잡는 법을 배운다.

* * *

대지의 흙으로 모든 걸 만들었다. 나무, 황소, 인간. 보기에 불쌍해서 따뜻한 온기를 전하고는, 착하고 다정하게 살라 했다.

* * *

Z가 곁에 놓인 물건을 물끄러미 쳐다본다. 열쇠. 칫솔. 자선단체에서 준 장난감, 헝겊으로 만든 바나나에서 나오는 헝겊 소년. Z가 물끄러미 쳐다보는데, 인형 가슴에서 까르륵 소리가 난다. Z가 놀라면서 두 눈을 반짝인다.

잡아봐, 아들. R이 다정하게 말하면서 Z가 잡기에 충분한 거리로 인형을 내민다. 나는 임신했을 때 산 종합 아기 장난감을, 우리가 살던 집 안을 자유롭게 떠다닐 장난감을 떠올린다.

* * *

하루는 Z가 해낸다. 적당히 주먹을 내밀어 헝겊 바나나를 움켜쥔다. 의기양양하다. 헝겊 소년이 대롱거린다. 무기력하다.

* * *

Z와 나는 수용소 생활을 견딜 수 있다. 나는 기숙학교를 다녔고, Z는 이제 생후 16주다.

여기서는 당번과 규칙이 있고 할 일을 배정받는다. 완전 스코틀랜드식이다. 아기들과 유아들 모임도 있다. 매주 수요일 4호 천막에서 모인다. 요일을 오랫동안 잊고 살았다. 하지만 여기서는 아침마다 음식 배급 천막 앞에다 요일을 내건다.

나는 날짜와 요일 감각을 되살리려 애쓴다. 하루, 한 달, 일 년에 어떤 의미든 부여하려 애쓴다.

여기는 조용할 때가 없다. Z는 다시 커다랗게 우는 법을 배운다. Z만 그런 게 아니다.

* * *

어느 화창한 날, 우리가 아침 당번인 날, R이 자동차를 몰고 떠난다. R은 잠을 조금도 안 잤다. 음식도 내가 예전에 그런 것처럼 거의 안 먹었다. 구석에 웅크리고 앉아 조금 떼어먹은 게 전부다.

G와 N.

재난, 또 재난. 토끼처럼 불어나는 재앙. 그리고 지금 여기, 곁에는 낯선 사람만 온종일 가득하다.

장단점을 비교한다.

* * *

R은 말한다. 일주일 정도면 될 거라고. 전환점이 필요하다고. 대안을 찾아보겠다고.

우리 둘은 그냥 남아 있는 게 좋겠다고. 그게 안전하다고 한다. R에게서 안도감이 느껴진다. 축 늘어진 셔츠처럼.

나는 곧 사라질 자동차를 가만히 바라본다. 그 모습 하나하나를 머릿속에 그대로 집어넣으려 애쓴다.

R이 떠나기 전, 나는 그 손으로 내 얼굴을 감싼다. 마스크처럼. 별다른 의미 없어도 이렇게 한다. 냄새가 못 견딜 정도로 지독해도.

* * *

최초의 남자와 여자가 만나, 한 몸이 되었다. 두 사람은 벌

거벗었으나, 부끄러운 줄 몰랐다.

* * *

Z가 몸을 뒤집으려고 한다. 벌써. 맨손으로 자동차를 뒤집으려는 것처럼 보인다. 불가능.

아이가 위험할 때 엄마는 초능력을 발휘하곤 한다. 히스테리성 힘이라고 한다.

* * *

Z는 바구니에서 자기를 거부한다. 여기는 싱글 침대만 있어서 우리는 침대를 같이 쓴다. Z가 내 팔에 머리를 베거나 내 배 위에 눕는 식으로.

R이 떠나자 사람들이 말을 걸기 시작한다. 다들 숟가락으로 죽을 떠먹는데 잠에서 막 깨어난 듯 퉁명스러운 눈빛이다. 아기를 무릎에 올려놓은 또 다른 여자. 갈색 머리에 퀭한 표정. P.

다시 귀를 기울이는 게 어색하다. 처음 몇 번은 조개껍데기를 귀에 댄 듯 귓속이 윙윙거리기만 할 뿐 아무 소리도 못 듣는다.

P가 R에 관해서 묻는다. 멀리 떠났다고 하니 P가 고개를 끄덕인다. P는 통제선 남쪽에서 남편을 잃었다.

소동이 있었다고 말한다. 요새 흔히들 쓰는 말이다.

P의 아기가 내 눈에는 기이하리만큼 커 보인다. 머리가 크고 몸도 주욱 뻗었다. 생후 8개월인데 말이다.

*   *   *

Z가 밤에 젖을 먹으려고 대략 서른여덟 번이나 깨어난다. 이게 어떤 의미인지 궁금하다.

깰 때마다, 조그만 젖꼭지를 입에 물려고 더듬다가 앙앙 울어댄다.

어둠 속에서 숨을 헐떡이다 젖꼭지를 문 다음에는 숨이 느려진다. 쪽쪽 빨아대는 소리와 함께 세상이 늘어나고 줄어

든다.

나간다. 네모진 수용소를 에워싼 산속으로, 통제선 밖으로, 무어든 남아 있는 곳으로.

들어온다. 눅눅한 천막을 지나서, 우리를 겹겹이 에워싼 채 숨을 내쉬는 육중한 흙더미를 넘어서.

* * *

점심시간에 P가 다른 여자들과 앉아 있는 모습을 보았다. 하나같이 아기가 있었다.

런던에서는 임신한 엄마들이 그룹을 만든다. 그래서 아기를 낳은 뒤에는 그룹 전체가 유모차를 밀며 행진한다.

나는 절대로 저러지 않으리라. 속으로 다짐했다.

* * *

네 살 때인가 다섯 살 때 이웃 친구와 함께 풍선에 물을 가득 채우고는 우리가 낳은 아이로 여겼다.

우리는 투명한 파란색이나 노란색 아기의 배를 쓰다듬었다. 이름을 지어 주고 수건을 덮어 주었다. 얼굴도 그려 주었다. 두 눈과 이마.

* * *

나는 다가가서 그들 옆에 앉는다. 하나같이 남편이 없다. 하나같이 지쳐서 젖을 뚝뚝 떨구고, 머리에는 흰머리가 듬성듬성하고, 바지는 무릎이 해졌다.

Z가 잇몸을 드러낸 채 찻숟갈을 쥐고 빙빙 돌린다. 아주 좋지 못한 행동이다.

O가, 커다란 코에 다정하게 보이는 여자가, 찻숟갈에 맞을 뻔했다. O는 신경도 안 쓴다.

O가 묻는다. 아이가 몇 살이에요? 그러면서 새로운 관계를 시작한다.

* * *

갓난아기 그룹에는 Z가 지금껏 본 것보다 많은 장난감이 있다. Z는 울긋불긋한 온갖 장난감을 훑어보면서 무엇이든 끊임없이 입으로 집어넣는다.

내가 Z를 정상으로 기르고 있다는 생각이 든다.

* * *

수용소에서는 물로 죽을 끓이기 시작한다. 우유가 없는 것이다. 우리도 사정을 아는지라 투덜대지는 않지만, 죽이 너무 묽다. 예전 명절날 학급 친구들한테 퍼준 죽이랑 너무나 비슷하다.

점심은 묽은 수프로 바뀐다. 일 인당 빵 한 조각.

음식다운 음식은 초저녁에 나온다.

밤마다 먹을 걸 달라고 뱃속이 아우성이다.

* * *

잘 자렴, 아가 멧새야. 아빠는 사냥하러 나가셨단다. 나는 Z에게 노래한다.

수위가 더 높아지면서 물이 소용돌이치는 바닷가에 홀로 있을 R을 떠올린다. 인간은 별다른 소식이 없어도 가까운 사람이 살았는지 죽었는지 느낄 수 있다고 한다. 나도 느껴보려고 온 힘을 다한다.

* * *

처음 생겨난 인간은 나뭇가지로 뼈를 만들고, 강물로 피를 만들고, 달로 두 눈을 만들고, 불로 영혼을 만들었다.

* * *

사람들이 떠나기 시작한다. 조용히 짐을 꾸리면서, 아무도 모른다고 여기는 듯. 이건 우리 모두에게 무어든 더 커다란 의미가 있겠지만, 또 다른 사람들이 매일 들어와서 새로운 숨결과 고통으로 천막을 채운다.

* * *

여섯 살 때 옆집 염소가 새끼를 낳았다. 묘하게 다른 두 마리, 조그만 귀는 하얗고 다리는 흔들거렸다. 옆집 여자애와 나는 두 마리 새끼한테 젖병을 물렸다.

최소한 나는 그렇게 기억한다. 삐죽 내민 털북숭이 입술에 고무젖꼭지를 밀어 넣었다. 갸름한 두 눈을 들여다보았다.

* * *

어느 날 마침내 Z가 해낸다. Z를 3분간 침대에 뉘어놓았다. 물건을 모두 치운 다음에. 곁에 장애물을 남기면 안 된다.

앞으로 펼쳐질 수많은 시간 가운데서 Z는 이 3분을 선택해, 이정표가 될 기술을 마침내 습득한다.

Z는 침대에서 몸을 뒤집다 바닥으로 떨어지고, 그의 성공은 통곡의 벽에 깔린다. 앞으로 겪을 좌절을 끝없이 우주로 내던지는 울음.

나는 나쁜 엄마인가 보다. 하나도 다치지 않은 아기를 품에 꼭 껴안다니. P가 들어오고 O도 들어오더니, 이구동성으로 그러면 안 된다고 한다. 누구나 겪는 일이란다.

* * *

임신 테스트기에 나타난 외줄로 보아 실패였다. 분명하다.

나는 테스트할 때마다 임신이라고 생각했다. 직장에서 가슴을 양쪽 팔꿈치로 꾹 눌러서 콕콕 쑤시는지 시험하곤 했다.

어느 달은 슈퍼마켓 테스트기에 아주 희미한 줄이 나타났다. 그러다, 며칠 뒤에는, 병에 걸린 듯, 핏빛이 묻어 나왔다.

나는 열매 맺지 못하는 허리에 한 손을 올린 채 마냥 슬퍼했다.

* * *

여덟 번째 희망도 꺾이고, 나는 침묵하는 R의 가슴에 얼굴을 파묻고 흐느끼다가 인터넷으로 갔다. 나를 응원할 사람이, 다른 사람이, 필요했다. 분홍색 배경에 보라색 글씨를 적어넣은 포럼에서 나는 그런 사람들을 찾았다.

나한테 필요한 이야기를 찾았다. 새로운 이야기를 찾았다. '자칼79부인'은 임신 양성을 확인한 날, 냄비 요리를 했단다. 속이 더부룩했다. 강한 냄새. 나는 이 멋진 이야기들 속에서 내가 겪는 증세를 찾아 헤맸다.

임신한 여자들이 요리하는 부엌을 동경했다. 미국식 취향을, 바삭한 닭튀김과 누비이불을. 이 여자들은 커다란 자동차를 몰았다. 다들 대단한 남편이 있었는데, 하나같이 임신하려고 애썼다. 그래서 성공했다.

* * *

낯익은 사람들이 떠나기 시작한다. P도 떠난다. 60km 북쪽에 있는 수용소가 좋다고, 먹을 걸 많이 준다고 한다. 차를 태워 준다는 사람이 있단다.

O는 떠나지 않는다. 그래서 우리 천막으로 이사한다. 침대 다섯 칸 너머로.

O가 키우는 아기 C는 Z와 나이가 같다. 우리는 서로의 아기에게 관심이 있는 척한다.

* * *

거짓 입덧을, 나비가 나는 듯 발길질하는 느낌을, 스물네
번째로 겪은 뒤에, R은 병원에 가는 걸 동의했다.

의사는 가능성이 희박하다고 했다. 정자 기증자와 수술과
약물 투입이 필요하다고 했다.

다음 달, 아무 증세가 없었다. 달거리가 2주나 늦어질 때
테스트했다. 숙련자답게 편안하고 느긋하게, 아무런 생각
없이.

두 번째 줄이 곧바로 나타났다, 목소리를 커다랗게 뱉어내
듯.

*　*　*

나는 O에게 말한다. 떠날 수 없다고. R을 기다려야 한다
고.

제대로 추워진 첫째 날 밤. 밤새도록 Z한테 입김을 불어
준다. 뜨거운 감자

그러다 중요한 소식. 수용소 본부에서 방송한다. Z의 머리

에 죽을 살짝 흘린다. Z는 눈치를 못 챈 것 같다.

* * *

'당황하지 말라'는 말이 흘러나온다. 이 말은 오히려 사람을 가장 당황하게 하는 말이다.

조용히 짐 싸던 사람들이 갑자기 시끌벅적해진다. 정신없이 짐을 싼다.

겁먹은 채 속삭이는 소리가 혼란스럽게 들려온다. 급박, 차단, 상승. 바다가 몰려든다. 더는 막을 수 없다. 산을 넘어온다. 산이 우리 쪽으로 와르르 무너진다.

여기는 통제선에서 너무나 가깝다고 O가 말한다. O와 C는 표정이 똑같다. 입술은 앙다물고 두 눈은 왠지 모르게 부어 있다.

* * *

임신 기간에는 태아가 쑥 빠져나올 것 같기도 하고, 공중화장실 변기 속으로 떨어질 것 같기도 하고, 근무 중에 바지 사이로 갑자기 삐져나올 것 같기도 해서 늘 불안했다.

배가 불룩 나와서 안짱다리로 뒤뚱뒤뚱 걸을 때, 비로소
나는 아기에 대한 믿음이 생기기 시작했다.

*　*　*

바라는 사람을 모아서 북쪽으로 태워 갈 버스들이 있다.
마을버스, 갖가지 색상에 보풀이 이는 좌석.

나는 북쪽으로 올라가는 내내 자동차를 살핀다. R이 보이
면 당장 뛰어내려서 두 팔을 흔들리라 다짐한다.

좋은 계획은 아니지만, 다른 방법이 없다. Z와 C는 잠잔
다. O는 창밖만 바라보다 두 눈이 저절로 내리감긴다.

O가 꿈속에서도 끊임없이 흔들리는 게 내 눈에 보인다.

우리는 서서 잠자는 말처럼 반은 자고 반은 깨어 있는 법
을 배웠다. 히스테리성 힘.

나는 열심히 살핀다. 지나가는 자동차가 한 대도 없다.

6

아침마다 태양이 평소처럼 떠오른다. O가 생각해 보라고
말한다. 태양은 여기서 일어나는 일을 모른다면서.

O는 자기 말에 위안을 얻는다. 나는 그러지 못한다.

O는 자기의 매부리코와 통통한 엉덩이에서 위안을 얻는
다. O는 매부리코에 통통한 엉덩이를 늘 강조한다. 주변
사람 모두가 모델처럼, 천사처럼 보일 때조차.

사람들이 부러워한다. 통통한 엉덩이를. 왠지 희망차 보이
는 통통한 엉덩이를. 우리 사이에서 오래전에 사라진 징
조.

O는 생각도 있다. 멋진 엉덩이만 있는 게 아니다. 그래서 어두워질 때 내 귀에다 계획을 퍼부어댄다.

그렇게 말하는 게 느껴진다. 나는 계획이 있다고, 방법을 안다고. O는 생각이 많아지면 피가 천천히 흐르면서 달콤하게 변하나 보다.

O는 이런 점에서 R과 비슷하다. 나는 O 손에 깍지 끼며 말한다. 아니라고, 좋은 생각이지만, 아니라고.

* * *

다섯 번째 세상은 우리가 상상할 수 없는 곳. 첫 번째 호수에 가득한 거품을 지나, 마침내 우리는 모두 그리로 끌려갈 것이다. 아직은 아니라도 내일은.

* * *

나, Z, O, C. 우리는 나란히 앉아서 조는 둥 마는 둥 하고, 아기들은 젖꼭지를 빨아댔다. 둘 다 생후 6개월이다.

두 아기 모두 이곳, 비좁은 공간에 앉는 법을 배웠다. 두 아기 모두 등을 곧게 폈다. 우리가 먹는 빵을 움켜쥐기 시작했다.

* * *

R이 찾아오기에는 너무 멀리 온 듯하다. 골짜기를 여럿 건너고 나무가 울창한 봉우리를 여럿 넘었다. 하지만 어린이용 해적 지도에서 그랬듯, 거기서 여기까지, R은 우리가 지나온 길을 찾아낼 수도 있다. 작고 빨간 점선을 따라서.

여기는 분위기가 안 좋다. 시설부터가 빈약하다. 예전에 얄보던 행운이 그립다. 이제부터 갈수록 더할 듯하다. 지난날이, 지금과 비교해서 얼마나 좋았는지, 툭하면 떠오른다.

뭐라고 말해야 할까? 날씨가 은근히 춥다. 중요한 문제다. 냉기와 권태가 곳곳에서 눈에 안 띄게 스며든다.

우리 모두 깨닫는다, 몸이 온전한 거로 충분하다는 걸. 사지가 모두 달려 있고, 정신이 멀쩡하고, 가슴에서 젖이 나오는 거로 충분하다는 걸.

* * *

우리가 찾아냈다. 수학은 우리 편.

나는 아기 둘을 보살필 수 있고, O는 낡은 칫솔을 들고 줄을 서서 동그란 비누를 배급받을 수 있다.

나는 아기들 엉덩이를 두 번씩 닦아주고, 조그만 손 네 개에 조그만 물건을 쥐여 주고, 통통한 발가락 스무 개와 놀이를 한다.

* * *

우리는 아기들을 담요 한 장에 함께 내려놓고 얼굴을 아기들 얼굴에 바싹 갖다 댄다. 그러고는 노래를 불러준다. 누가 그만두라고 할 때까지.

우리는 기저귀를 벗기고 아기들이 발길질을 하게 하는데, 다리가 오래된 그림의 바탕 천 같아서, 잉크로 그린 듯 주름이 또렷하고 확실하다.

시간이 미끄러지는 지금, 시간이 의미를 잊은 지금, 하루가 다음날로 넘어가는 지금, 남는 건 아기들 조그만 몸뚱이가 전부다.

* * *

우리는 끊임없이 대화한다. 별 필요 없는 거스름 잔돈 같은 이야기를 주고받는다.

O는 서리(Surrey)에서 영어 교사였다. 남자친구하고는 일찌감치 헤어졌다. 처음 만나고 서너 주 만에. 그래서 지금껏 미혼모로 살아왔다.

나는 O에게 R에 관해 이야기했다. 두 눈이 Z 얼굴에 빼쏘았다면서. 우리가 처음에 어떻게 만나고 얼마나 빨리 잠자리했는지도.

O에게 시시콜콜 말하고픈 나 자신을 발견한다. 그 입술이 나에게 얼마나 사탕처럼 달콤했는지. 널찍한 가슴이 머리를 기대기에 얼마나 넉넉했는지.

O는 내가 과거시제를 사용한다고 지적한다.

*　*　*

우리는 흐린 날 아침에 떠난다. 아이들 사이에서 불안감이
전염병처럼 번져나간다. 아이들은 손가락을 물어뜯는다.
엄마 팔에 매달린다. 입가에서 맑고 끈끈한 침이 흘러내린
다.

*　*　*

남자 둘, D와 L이 출발하려고 준비한다. 우리도 함께 가
자고 O가 말한다. 황금 같은 기회라고 부추긴다. 차를 타
고 갈 기회라고.

우리는 낯선 남자 D와 L에 바짝 붙어 앉는다. 나는 다른
계획이 있다. 운전대를 내가 잡는 것을 포함해서.

두 남자 모두 겉으로는 피부가 거칠고 여드름이 났으며 수
염은 제멋대로이고 붉은 털이 곳곳에 듬성듬성하다. Z의
비단결 같은 뺨과 비교하면 두 남자는 쉰 살쯤으로 보이지
만, 실제로는 젊다.

두 남자가 서로 농을 주고받으면서 낄낄댈 때마다 얼굴이

상기되는 게, 다섯 살짜리들 같다.

O는 아기 때문에 우리가 여자로 안 보일 거라고 생각한다. 최소한 두 남자한테는. 아기 덕에 우리는 안전하다고 생각한다.

* * *

살펴보니 D의 목 살결이 보드라워 보인다. 그가 예전에 어떻게 살았는지 얘기한다.

그가 말한다. 나는 광고 일을 했어요. 우리는 이렇게 젊은 이한테 은퇴한 사람의 언어를 사용하는 데 익숙하다.

D는 끔찍한 통근길과 사람들, 밤에 나갔다가 기다리는 사람 하나 없이 조용한 집으로 돌아오는 생활에 관해 얘기한다.

D가 하는 말이 우리가 지나는 길가 풍경과 어우러지면서 옅은 안개처럼 나무를 부드럽게 감싸고, 모두 떠나서 텅 빈 집집마다 겹겹이 깔린 거미줄에 내려앉는다.

점검 사항.

이런 변화에 이토록 가볍게 적응하다니, 앞으로 닥칠 일을 모두 안다는 듯.

* * *

비밀 하나. 나는 아기를 가지면 두려움이 사라질 거로 생각했다.

나 어릴 적에, 엄마는 나를 위해서라면 얼마든지 죽을 수 있다고 했다.

나는 생각날 때마다 물었다. 엄마를 시험했다.

모든 게 끝난다는 두려움이 나를 깨어나게 했다. 두려움이 숨을 틀어막았다. 아무것도 할 수 없었다. 아기가 생기면 두려움이 사라질 것 같았다. 나한테 목숨 걸고 지킬 대상을 다오.

* * *

점검 사항을 빨리 적고 싶다. 깨끗하게 끝내고 싶다.

두남자는우리를자동차밖으로끌어낸다아기덕분에우리가안
전하다는건사실이아니다두남자가우리를거칠게다룬다두남
자가우리몸을뒤진다두남자가우리옷을벗긴다.

*　*　*

이제 보인다. 젊은 남자 두 사람은 사실은 소년이라는 게.
맨살이 바람결에 뽀송뽀송하다.

*　*　*

*그러다 그들은 환한 햇살을 받으며 가만히 서서 두 팔을
펼치는 천사를 보았다. 천사가 하늘을 나는 새를 부르자,
새들이 일제히 날아왔다.*

*　*　*

하룻밤을 지내러 빈집 앞에 멈췄다. 모두 아무 생각 없이
한 방에서 잠들었다.

우리는 집 안을 둘러보고픈 마음이, 피난 떠난 사람의 서랍을 이리저리 뒤지고픈 마음이 없었다.

우리는 도망치는 상상을 하거나, 그래야 할 이유를 떠올리고 싶지 않았다.

24시간 만에 나는 D와 L을 사랑하기 시작했다. 두 사내는 깊이 잠들었다.

* * *

우리는 배에 관한 말을 마지막 순간까지 하지 않는다. 이건 O의 정보, O의 자산, 사범 대학을 함께 다닌 친구와 관련된 내용이다.

접촉, 연락망 구축, 함께 할 사람들. 공유.

* * *

O와 나는 서로 생각을 알아채기 시작했다. O는 젖 덕분이라고 생각한다.

나는 쌍둥이 엄마처럼 두 아기를 함께 데리고 잘 때가 있는데, 그럴 때면 젖을 이쪽저쪽 번갈아 물린다. 두 아기가 빨아대는 느낌도 거의 똑같다.

처음에는 C가 조금 더 힘차게 빨곤 했으나, 얼마 뒤에는 우리 모두한테서 똑같은 냄새가 나기 시작했다.

* * *

R이 동의할 거란 확신이 없다. R이 어디에서 동의할 건지, 아직도 동의받아야 하는지조차 모르겠다.

R은 다른 차원에 있다는 게 내가 생각할 수 있는 전부다. 어쩌면 영상 세계에. 혹은 파랗고 까만 은하계에서 우주 공간을 천천히 떠갈 수도 있다.

* * *

어릴 적에 우리는 조그만 칼을 들고 한 줄로 길게 서서 주방 벽에 붙은 자석 띠를 떼어냈다. 하나가 칼을 떨어뜨리자 리놀륨 바닥에 칼자국이 생겼다. 딱 한 번.

그 칼을 찾으러 갈 수 있을까. 나도 모르게. 꿈속이라면 그럴 수 있을까.

한밤중에, 다들 잠든 칠흑처럼 어두운 공간에서, 그 칼로 나를 찌를 수 있을까?

* * *

우리는 D와 L에게 자동차를 몰고 바닷가로 가서 하루 이틀쯤 휴가처럼 보내자고 제안한다. 스코틀랜드식 휴가. 바다에는 파도가 몰아치고 하늘에는 휘장이라도 두른 듯 구름만 가득한 곳에서.

바닷가는 텅 비었다. 당연히. 예전 같으면 행운이었다.

* * *

스스로 죽어간다는 걸 아는 사람 눈에는 세상이 매우 또렷하게 보인다는 얘기를 읽은 적이 있다.

* * *

L이 Z의 양쪽 겨드랑이를 잡아서 통통한 배를 탁발 수도사 머리처럼 툭 튀어나오게 하자, Z가 좋아한다. Z가 모래에 발가락을 집어넣고는 나한테 환한 미소를 보낸다. 그러더니 땅바닥이 고무라도 되는 듯 통통 뛰어오른다.

* * *

여기는 폭우에 죽거나 번개에 죽거나 피부병으로 죽은 사람을 기리는 곳이다. 꽃들이 피어난 곳, 그래서 춤추는 곳이다.

* * *

두 사내한테 배에 관해서 말하자는 게 O의 생각이다. O는 나보다 낫다.

두 사내는 자기네 식량을 우리에게 나누어 주었다. 우리가 내놓을 식량은 조금밖에 없는데, 대체로 R이 숨겨둔 것이었다. 우리는 주로 얻어먹는 편이었다.

사실, 우리는 이제 넷이고, 아기들은 우리 음식을 함께 먹는다. 그러다 차가운 콩이 나오면 우물우물 잇몸으로 골라

내서 뱉어내 버린다. 우리는 음식 낭비에 낯을 찌푸리지 않으려고 애쓴다.

애초에 우리가 더 보탤 게 없었다. 뽀송뽀송한 아기 피부가 작용했거나, L과 D가 좋은 사람이다. 후자가 분명하다.

그래서 우리는 두 사내한테 말한다. 하지만 황량하기만 한 바다 끝에 한 점으로 나타난 배가, 바다에 하나밖에 없는 배가, 외계 우주선처럼 다가오는 걸 확인한 다음이다.

* * *

아이가 생기면 공포는 사라진다는 걸 엄마는 나한테 알려주어야 했다.

공포가 커질 수 있다는 것 또한 알려주어야 했다.

* * *

D와 L은 함께 가고픈 마음이 없다.

일순간 O와 나는 말문이 막힌다. 서로 남의 아기를 안고 까맣고 하얀 바다와 모래를 첨벙이고 있다.

배가 최대한 가까이 다가온다.

우리는 옷가지를 말아 들고 배에 올라탄다. 바다가 내 머 릿속으로 가득 흘러든다.

C가 두 팔로 내 목을 에워싼다. 나는 C의 비단결 살갗에 얼굴을 갖다 댄다. 그래서 흠뻑 빨아들인다.

7

Z는 바닷물을 보고 자신이 태어난 곳을 떠올린다.

Z는 배에서 가장 편안한 사람이다. 나한테 아무렇게나 기댄다. 흔들리는 배가 그 뺨에 파동을 일으킨다.

사람들이 Z를 부러운 눈으로 지켜본다. 그 편안한 느낌을 조금이라도 나누어 받으려는 듯.

C는 배가 흔들리는 것을 참지 못한다. 바다로 곧장 울음소리를 흘려보낸다. O가 C를 배가 떠나온 남쪽을 향해 안는다. 여전히 울음소리는 들리지만 배 뒤로 흘러나간다. 엔진 소리처럼.

* * *

D와 L은 우리가 안 보일 때까지 팔을 흔들었다. 곧게 뻗은 육지와 파도를 배경으로 선 인물은 두 사람이 전부였다.

나는 두 사내의 팔이 하얗게 몰아치는 파도 위로 올라오길 바라며 한참을 가는 동안 계속 살핀다.

* * *

태양은 눈부시게 찬란하다가 기울고, Z는 머리를 내 턱밑에 밀어 넣은 채 낮잠을 즐긴다. 이윽고 우리는 밤바다로 나아간다.

이게 밤 항해다. 텅 빈 곳, 아무것도 없는 곳, 바다는 새까만 입술을 열고 하늘은 새까만 등을 구부리는 곳.

별은 이제 새로운 의미로 다가오는 듯하다. 지도로.

Z는 어둠이 좋다, 바닷물만큼. 눈을 크게 뜨고 오랫동안 바라본다.

다른 세상은 바다 밑에, 4만 길 아래에 있다. 거기서는 고통도 없고 죽음도 없고 슬픔도 없다.

다른 사람은 O와 함께 대학을 다닌 친구 H, H의 아내 F, 그들의 아이 B와 W다.

O가 배를 가로지르며 말한다. 가족 여행이라고. 두 아이는 O를 아는 듯, 다리 양쪽에 하나씩 매달린다.

두 아이는 Z보다 나이가 훨씬 많다. 정말 많다. 완전히 다른 종이다. 팔다리는 곤충처럼 길고, 두 눈도 아주 커서, 도구로 잡아당기기라도 한 것 같다.

밤에 두 아이는 엄마 곁에서 잔다. 몸뚱이가 너무 커서 품으로 파고들 수는 없다. 그래서 단단한 머리를 엄마 어깨뼈에 기댄다. 서로 부딪치면 깜짝 놀랐다가, 다시 머리를 기댄다.

*　*　*

F는 우리보다 두려운 표정이다. 입술에 두려움이 가득하
다.

*　*　*

O는 난민 수용소에서 밤이면 밤마다 내 귀에 대고 속삭
였다. 섬은 안전하다고.

우리는 곁에서 오십 명이나 되는 인간들이 뒤척이는 걸 느
꼈다. 오랫동안 숨겨왔던 인간 냄새의 실체였다.

섬에는 그런 게 없다고 O는 말했다.

O는 소식 받는 방법을 안다. 누가 떠나는지도 안다. 필요
한 인물도 안다. 내 귀에 대고 온갖 새로운 정보를 끝없이
속삭이는, 그 숨결에서 이상하게 이스트 향이 풍긴다.

*　*　*

이제 안전하다고 H가 다시 말하고는, 두 팔로 밧줄을 끌

어당기고, 핸들을 돌리고, 돛과 바람과 나무 장치를 쉴 새 없이 이리저리 조종한다. 나로선 아직도 이해할 수 없는 복잡한 장치다.

이제 안전하다. 영원히는 아닐지언정. H가 손가락으로 배 모서리를 쓰다듬으면서 이 말을 자갈처럼 툭 던진다. H는 지금껏 그렇게 해 왔다. 햇볕에 탄 피부가 보기 좋다. 건강체다.

* * *

그곳에서는 꿀처럼 달콤한 과일이 황금처럼 입술에 닿을 것이다. 햇살은 가만히 다가와서 축복하고, 달빛은 온몸에 가득 들어찰 것이다.

* * *

소금기 머금은 태양이 막 떠오르는 이른 아침, 섬에 도착한다. Z는 뭔가 다르다는 걸 알아챈다. 두 팔과 두 다리로 나를 막무가내로 세게 민다. 빨리 내려놓으라는 거다.

바닷가에 내려놓자 Z는 게처럼 머리를 숙이고 엉덩이를

올린다. 백옥처럼 하얀 손을 모두 올리더니, 신이 나서 꺅 꺅대며 입에 모래를 잔뜩 퍼넣으려는 순간 내가 막아선다.

나는 Z를 번쩍 들어 안고 물가로 간다. 우리는 피부가 뽀얀 Z한테 파도가 몰려드는 것을 지켜본다. 거품이 우르르 밀려나면서 모래알을 깨끗이 씻어낸다.

* * *

집은 여기에 맞게, 세상에서 가장 드높은 파도와 억센 바람에 맞게 지어졌다.

창문마다 보이는 거라곤 수십 리씩 뻗어 나간 바다가 전부다. 어렴풋한 녹색–회색–파란색이 무섭다. 초저녁 석양이 노랗게 물들다 사라진다.

* * *

첫날 밤, Z가 밤새 울어댄다. 울음소리가 우리 모두를 집어삼킨다.

O와 C는 옆방에 있다. 방 하나를 칸막이로 나눈 너머로

몸이 닿을 것 같다. 가득 차 비좁다.

나는 중세 그림에 나오는 여인처럼, 한 손으로 젖가슴을 움켜잡고 앙다문 Z의 입술에 젖꼭지를 밀어 넣는다.

이게 내가 할 수 있는 전부다. 재주라곤 하나밖에 없는 엄마다.

Z가 고개를 돌린다. 울음소리가 처음으로 줄어들다가, 훌쩍이는 소리로 가라앉는다. Z가 잠들자, 나는 무의식 상태에서도 빨갛게 물든 아기 뺨을 물끄러미 내려다본다.

아기 울음소리가 멀리서 울리는 경고음처럼, 내가 깜빡하고 남겨둔 채 오랫동안 잊어버린 무언가처럼, 두 귀에 울린다.

* * *

그곳은 눈이 전혀 내리지 않는 곳, 천둥도 번개도 없는 곳이다. 온종일 고요하며, 맑은 빛이 가득하다.

* * *

O가 나보다 먼저 본다. Z의 잇몸에서 하얗게 반짝이는 광채를, 여린 잇몸을 뚫고 올라온 광채를 본다. 첫 이.

* * *

이제 해적 지도는 내 눈에 안 보인다. Z를 목욕시키면서 손가락으로 되짚어봐도 R이 찾아올 길을 찾을 수 없다.

Z는 이제 욕실도 있고 방도 있다. 진짜 소년이라는 생각이 든다. 혼돈 속에서 질질 끌려다니는 꼭두각시가 더는 아니다. 이제 좋고 싫은 게 생겼다.

* * *

나는 F가 곧 마음에 든다. 소매를 팔 위로 얌전하게 접고 상체를 기울인 채 접시에 스튜를 떠주는 모습이.

키 큰 두 아이도 마음에 든다. 가볍게 잊어버리는 모습이. 하지만 H는 너무 많이 좋아하지는 않으려고 조심한다.

나는 O를 마음껏 좋아한다. 팔을 저으며 해안을 걷는 모습도, 우리 아기들이 편히 기대는 엉덩이도. 모두.

Z가 내 마음에 무언가 영향을 미친 느낌이다. 마음이 느긋하다. 마음이 살짝 열렸다.

*   *   *

Z와 C가 욕조에 앉아, 비단 같은 피부로 우리를 환하게 밝힌다. 수도꼭지에서 물방울이 떨어진다. 일요일 같은 느낌이다.

Z와 C는 일어나 앉고, 우리는 넘어지지 않을까 지켜본다. 두 아기가 서로 손을 꼭 잡지만, 금방이라도 놓칠 것 같다. 몸이 뒤로 기운다. 우리가 잡아준다.

김이 서린 창밖으로 섬이 뻗어간다. 바람이 나무들을 일으켜 세우고, 비바람이 소용돌이친다. 우리는 꼼짝도 못 한다.

사방에 폐허가 널려 있다. 도망자들이, 머리카락에 벌떼를 달고 다니던 광인, 승려, 은둔자들이, 수백 년 수천 년 전부터 살던 흔적이라고 H는 말한다.

지금은 텅 빈 게 거의 확실하다고 H는 덧붙인다. 우리는 깊이 안 들어간다. 만약에 대비해서.

* * *

집주인 가족이 잠잘 때 우리도 자고, 책 속으로 빠져들 때 우리도 빠져들고, 물속에 들어갈 때 우리도 들어간다.

하지만 Z가 잠들고 방문이 닫히자, 나는 머리가 더할 수 없이 맑게 깨어난다.

하얀 벽이 친근하게 다가온다. 얼굴들이 떠오른다. 매일 더 많은 얼굴들이 떠오른다. 우리 침대 바로 옆에 노파가 있다. 얼굴에 수염이 난 것처럼 보인다.

R의 얼굴을 찾아내서 질감이 있는 물감으로 그릴 수 있을까. 혹은, R이 여기까지 오는 길을 찾아낼 수 있을까. 궁금하다.

R의 얼굴을 찾으려 애쓸 때마다 Z만 보인다. 밤이면 머리를 내 턱 밑으로 밀어 넣는 Z다. Z 역시 하얀 벽 어딘가에 있을 R의 얼굴이 그리울까 궁금하다.

자극은 전기 신호라고 사람들이 말하지 않았던가. 북극 광선이나 깊은 바다 생물처럼 깜빡이는 빛이 수십 km 밑에서 둥둥 떠올라, 우리 가슴속으로 곧장 파고든다.

* * *

밤은 *빠르게 지나가고, 우리는 슬퍼하며 떠나보낸다. 오른쪽으로 돌아가면 사람들이 전혀 슬픔을 모르고 사는 세상이 나온다.*

* * *

내가 마른 수건으로 몸을 가리고 다시 나타나면 R은 좋아한다. 당연히.

우리 엄마가 다시 나타났던 것처럼. 우리 엄마의 엄마가 그랬던 것처럼.

무언가 다시 나타날 수 있다는 계시. 다시. 또 다시. 또 다시.

* * *

여기서는 식물을 실제로 기른다. 땅에 씨앗을 심으면 식물이 자란다. 쑥쑥. 바람은 세고 흙은 대단하다. 정말 대단하다.

전기는 없지만, 오랜 마법과 같은 나무와 불쏘시개, 불꽃 그리고 온갖 크기의 화덕이 있다.

수도꼭지는 돌리고 또 돌려도 소용이 없지만, 자장가처럼 들리는 우물과 밧줄과 두레박이 있다.

* * *

아침에 깨어나면 내가 어디에 있는지를 잊어버린다.

내 몸은 여기서 아무것도 기억에 남기지 않는다. 어디에 있느냐는 건 이제 더는 문제가 되지 않는 느낌이다.

* * *

나는 집에서 깔개를 가져와 Z를 앉힌다. 하늘 아래 거친 들판에 우리가 앉으니, 하늘은 재난이 처음 일어난 그곳으로 달려간다.

우리는 재난을 모르는 곳으로 온 듯하다. Z가 몰라보게 살찌고, 흙에서 나오는 식량 역시 조금씩 늘어나는 걸 보면.

*　*　*

어느 날 밤, H가 낡은 라디오를 고친다. 찍찍대는 소리, 섹스를 마친 뒤처럼 시끌벅적한 소리. 낯선 소리가 들린다. 딱 한 번.

본토에 불이 났단다. 수많은 이야기가 흘러나온다. 대홍수 뒤에 대화재. 그러다가 이야기를 놓친다. 나는 그냥 잊어버린다.

두 아기가 나를 덮는다. C와 Z 둘 다 내 위에 누워서 잔다. O는 뜨개질한다. 하고 많은 일 가운데 하필. 촛불이 작아지다 찌지직댄다. 키 큰 두 아이는 침대에 있다.

O와 나는 우리 남편들이 다른 섬이나 뗏목에 함께 있다고 자주 상상한다.

행운은 이제 아무 의미도 없는 어휘다. 예전에는 의미가 있었겠지만.

나는 속으로 자주 중얼거린다. R이 빅벤 시계탑 꼭대기에
있다고. 꼭대기에 대롱대롱 매달려 있다고.

* * *

하루는 옷을 벗고 바닷속으로 걸어간다. Z와 C를 떠맡은
O는 벌거벗은 내 등을 바라본다.

나는 한 손을 배에 올리고, 다른 한 손은 가슴에 올린 채,
가볍게 아네모네처럼 물 위를 떠간다.

밖으로 나오니 손발이 저리다. 추위가 사라지질 않는다. 추
위가 뿌리를 내렸다.

늘 그렇듯, 변화는 조금씩, 그러다 확실하게 일어난다. Z가 흙을 파다가, 꼬리를 붙잡힌 두더지처럼 앞발을 급하게 들어 올린다.

배가 볼록하다. 젖과 감자를 비롯해 도저히 못 먹을 보푸라기와 모래까지 가득 차서. 통통한 손목은 부드러운 분홍빛이다.

*　*　*

늘 그랬듯 봄이 찾아온다. 얼마 전만 해도 침대 위로 하얀 숨결이 몽실몽실 올라가다 흩어져, 열차처럼 잘게 갈라지는 게 보였는데.

그러더니 정원 곳곳에서 꽃이 불쑥불쑥 치솟아오르고, Z
는 기어 다닌다.

Z가 풀잎을 뜯다가, 힘껏 잡아당겨 뿌리까지 뽑혀 나온 민
들레를 마구 흔든다. 산들바람에 반갑게 인사하듯.

* * *

이게 한순간에 벌어진다는 사실을 믿을 수 없다. Z는 계
속 자라나서 걷기도 하고 뛰기도 해야 할텐데, 지금은 완
전히 다른 인종처럼 보인다. 기어 다니는 종.

* * *

C는 기어 다니지 않는다. 한 자리에 가만히 있으면서 주변
을 찬찬히 훑어보는 걸 좋아한다. 그래서 C 역시 다른 인
종으로 보인다. 가만히 앉아 있는 종.

* * *

하루하루가 또다시 쏜살처럼 지나간다. 흙에서 향긋한 내음이 인다. 눈에도 안 띄는 그 내음에 흠뻑 빠질 만큼.

어디든 똑같을 듯하다. 달에서 살든, 천장에 거꾸로 매달리든, 어떤 차를 마실지나 욕실 배수구를 막은 머리카락을 두고 말다툼하든.

다른 사람이랑 함께 산다는 건 정말 짜증스럽다.

* * *

별빛이 희미하게 사라진다. 불의 정령이 무지개다리를 건너온다. 적군이 들판에 가득하니, 보기만 해도 두렵다.

* * *

H가 식탁에 앉아 소매를 걷어 올린다. 무릎을 떤다. 가끔 접시가 흔들린다. H가 더 많은 사람을 구하러 가겠다고 한다. 구조의 사명과 피난민과 무료 숙박을 이야기한다.

H는 가지 않았다. 지금 여기는 누구나 자기 방이 있으며, 먹거리도 충분하다. 곳간에 가득하다. 먹다가 남겨도 괜찮다.

여기서는 Z와 C가 서로 먹을 걸 던져도 나무라지 않는다. 바닥에 떨어진 음식을 다시 주워 씻어 먹지도 않는다. 하던 대화를 계속할 뿐이다.

* * *

누구나 자기 생각이 있다. 펼쳐 볼 지도도 있다. 목적지로 가는 데 아무런 도움이 안 되는 지도.

H가 볼 때는 모든 일이 금방 끝날 것이고, O가 볼 때는 영원히 여기서 살아야 한다.

내가 볼 때는, 바다 저쪽에서 배를 타고 오는 R이 보이다, 사라진다.

이건 신기루, 환상, 눈에 날아든 티끌이다.

내가 Z의 배에 입김을 불자, 발가락을 꼼지락댄다. Z를 안고 걸을 때 그 손가락이 욕실 벽에 붙은 도마뱀처럼 찰싹 달라붙는 느낌이 좋다.

* * *

나는 설거지할 때 라디오를 켠다. Z는 발치에서 이리저리 기어 다니며 엊저녁 먹다 흘린 음식 찌꺼기나 숟가락을 집어 든다. 바람처럼 지글대는 라디오 소리를 듣는다.

가끔은 아는 단어가 들려온다. 그럴 때마다 친구를 만난 듯 반긴다. 그 단어를 내 입으로 중얼댄다. Z도 중얼댄다. 자기 방식으로.

우리는 우리말을 배운다.

저녁밥, 존엄, 목표, 계획, 기록, 풀밭, 플라스틱, 폭동, 휴전, 순간, 귀환, 복구, 지침, 수프.

어떤 말은 폭력적이다.

단어들을 한 줄로 늘어놓는다. 복권 추첨에 뽑힌 공처럼.

* * *

Z에게 기저귀를 갈아주다가 말한다. 휴전. 불을 끈다. 얼굴을 씻기고 머리 위로 조끼를 입히다가 중얼댄다. 복구.

나는 야외용 바둑무늬 담요를 축축하게 적셔서 불 끄는
장면을 떠올린다.

물뿌리개로 물을 시원하게 뿌려서 불 끄는 장면도.

* * *

직장에서, 걸핏하면 메모했다. X 교수는 수요일 고기 파이
가 놀라울 정도로 시원찮았다고 말했다. 다람쥐와 귀뚜라
미 관찰자 사이에서 일어난 사건은 불행한 일이었다고 의
견을 모았다.

여기서는 어떤 메모를 해야 하나 궁금해하는 나를 본다.

* * *

나는 그게 무엇인지, 새인지 잎사귀인지 헷갈릴 때가 자주
있다.

* * *

Z는 버터를 덩어리째 먹는 걸 좋아한다.

* * *

집에 쥐가 들끓는다. 수저통에 똥을 떨군다. 수저 사이에 조그만 갈색 똥을.

* * *

두 아이 B와 W는 밖에서 온갖 데를 다 헤집고 다니다, 밥 먹을 때만 들어온다. 햇볕에 그을린 얼굴에는 땟국이 줄줄 흐른다.

두 아이가 잠시라도 집에 머물도록 하려고 우리는 아기 보는 기술을 가르친다. F와 O, 나, 셋이서. 무릎을 꿇고 헝겊을 접어서 기저귀를 만든다.

우리는 그러다가 비밀을 털어놓는다. 특별한 기술은 없다고. 다른 사람이, 너희보다 작은 사람이 있을 뿐이라고.

W는 요가 선수처럼 몸을 구부렸다 편다. 지켜보던 C가 좋아한다.

B는 두 손으로 바닥을 짚고 Z와 함께 기어간다. 물건을

들어 올렸다가 떨어뜨린다. 윗도리, 연필, 감자.

Z가 신이 나서 두 팔을 쭉 뻗으며 소리친다. 온몸에 작용하는 중력이 너무나 신기하다.

* * *

Z는 O나 F와 앉아서 내가 걷는 걸 바라보기도 한다. 그러다 몸을 앞으로 흔들면서 나에게 다가온다. 나는 2m, 5m, 10m, 20m 멀어진다.

그러면 Z가 안 보인다. Z는 여기에 없는 사람이 된다. 새로운 존재가 된 것이다.

하지만 손가락에는 여전히 남아 있다. 뺨, 머리칼, 그 밑에 부드럽게 앉은 오렌지색 딱지. 벌집무늬 요람 덮개.

하루는 그런 것조차 두고 걸어가지만, 무언가 남는다. 모서리에. R의 그림자, 어쩌면 한 줄기 빛. 사라지자 더욱 간절히 느껴진다.

* * *

예전, 집에서 나온 직후, R이 새롭게 변하겠다고, 몸과 마음을 일치시키겠다고 한 말이 생각난다.

그때 R의 냄새, 짙은 체취.

나의 땀구멍에서 나와 책으로, 손잡이로, 커피잔으로 옮아갔다.

* * *

바다로 불쑥 내민 곳에서 달리려고 애쓴다. 달리는 자세라도 취하려고 애쓴다.

토끼 한 마리가 지나간다. 나를 놀리면서. 만화처럼, 실제로 살아 있는 토끼. 산토끼일 수도 있다. 그런데 토끼가 갑자기 R처럼 보인다. 그러다 새끼사슴처럼 달려간다. 공허한 내면을 찾아서.

토끼가 덤불로 뛰어든다. 사라진다. 나는 몸을 숙여 덤불속에 손을 넣는다. 이빨로 물길 바라며. 커다란 귀에 손가락이 닿기를 바라며. 무어라도 잡아서 돌이키기를 바라며.

* * *

땅이 흔들리고, 산이 떨릴 것이다. 몇몇은 땅속 깊숙이 숨
으니, 불길이 그들까지 해치지는 못할 것이다.

* * *

Z에게 젖을 먹이면서 말한다. 런던.

우리 집 주소를 말해 준다. 우편번호도. Z는 내 머리에 손
을 뻗어 엄지손가락으로 머리카락을 둘둘 만다.

* * *

가만히 바라본다. H의 두 손. H가 손가락으로 손바닥에
그리는 항로. 생명선.

두 아이는 너무 커서 안고 다닐 수도 없는데, H는 두 아이
를 거꾸로 들어 올려 주머니에서 모래를 털어낸다.

아침마다 H는 집 주변을 달리고 또 달린다. 그러다 온몸
이 젖고 힘이 쭉 빠진 상태로 돌아온다.

* * *

바람이 거센 날 밤, 나는 창을 열고 하늘로 몸을 내민다. 우윳빛 이불 속으로 들어가 자면서 내쉬는 Z의 숨결이 으르렁대는 바닷소리와 어우러진다.

나는 신선한 공기를 알코올처럼 마신다. 한 모금 마실 때마다 허리춤까지 시원한 느낌이 닿는다.

세상 저 끝에서 거대하고 묵직한 물체가, 까만 점이 자라나는 것 같다. 본토다. 그렇게 여기고 싶다.

까만 점이 배처럼 바다 위를 맴돈다. 계속 자라나, 나는 상상한다. 집들이 줄지어 꽃처럼 피어난다. 창문마다 불을 켰고, 사람이 산다. 눈을 살짝 감으면, 손을 흔드는 R도 볼 수 있다.

R이 파도에 휩쓸려 우리에게 다가온다. 그러다 멀어진다.

9

좋은 생각 하나가 뜬금없이 떠올랐다. 지난 몇 주 동안 아무 생각이 없었는데, 한순간에 가득 들어찼다.

그 생각은 멀리서 왔을 수도 있고, 꿈속에서 왔을 수도 있고, 젖꼭지를 물린 채 오줌이 마려워서 머리를 비틀던 깜깜한 밤에 생겨났을 수도 있다.

그 생각이 어디서 왔든, 나는 작은 공간에서 생각을 펼친다. 종이학처럼 작은, 일본식 벌집 호텔처럼 작은 공간. 모든 게 딱 들어맞는다.

좋은 생각은 축소 이미지로 다가왔다. 바삭바삭한 오븐 속

감자칩 그릇처럼. 나한테 필요한 건 이게 전부다.

*　*　*

아침마다 잠에서 깨면, Z의 팔꿈치는 내 눈을 누르고 무릎은 내 입을 누른다. 가끔은 내 위에서 얼굴이, 눈부시게 빛나는 아들 얼굴이, 침을 뚝뚝 흘리기도 한다.

어느 날 아침 우리는 세상이 갈라진 걸 깨닫는다.

하늘은 바다에서 벗겨져 나가고, 그 사이 기슭에는 노란 황금빛이 손에 닿을 듯, 동그랗고 부드럽게 빛난다.

또다시 태양이 뜬다.

Z가 통통한 손가락을 내밀면서 소리를 낸다.

R에게 내미는 손가락, R에게 보내는 소리라고 생각하고 싶다. R이 난민 수용소로 돌아와 태고적 흔적을 찾는다. 생존의 흔적을 찾는다.

헝겊 바나나 인형의 흔적을 진흙탕 속에서 찾는다. 옛날에 사라진 헝겊 소년.

* * *

나는 배를 직접 몰겠다고 말한다. 아침때 빵에 잼을 바르면서.

Z가 새하얀 아기 옷을 입고 배 갑판 양가죽에 누워서 소금 물보라를 발로 차는 광경을 떠올린다.

손으로 밧줄을 잡아, 돛이 바람을 받아서 활짝 펴지도록 하는 광경도 떠올린다.

떠올릴 수 있다는 건, 내가 그럴 수 있다는 뜻이다. 논리가 재미있다. 이건 말이 된다. 찻잔에서 김이 저절로 올라오듯. 힘들 거 하나 없다.

* * *

Z가 가장 먼저 발견한다. 공중을 떠다니는 깃털. 하나, 또 하나. 그러다 또 하나, 또 하나.

이건 나한테 징조다. 나는 깃털을 잡으려 한다.

새가 싸우는 거라고 F가 말한다. 싸움, 우리 머리 위에서.

* * *

O는 이유를 묻지 않는다. H한테 나를 데려다주라고 설득한다. 밥 먹을 때마다 미친 듯이 떨어대는, H의 구조 주파수에, 나를 끼워 넣도록.

O는 내가 멍청한 논리를 편다고 최대한 부드럽게 말한다. '익사' 같은 단어를 쓰면서.

떠나려면 또다시 남자에게 의지해야 하다니, 정말 한심하다고 나는 말한다. 그렇게 말하지만 그렇게 느끼지는 않는다.

이윽고 준비를 시작한다. H는 복잡한 지식을 다시 동원하고, 닻줄을 푼다. 생필품을 포장한다. 준비 끝.

* * *

O는 남기로 한다. 이건 단편소설이다.

메모에는 이렇게 적을 것이다. 오랜 토론 끝에 O와 C는 당장으로선 F와 (나중에 돌아올) H와 두 아이 B와 W와 함께 섬에 남는 거로 결정했다. 떠난 사람들과 접촉을 유지하도록 최대한 노력한다는 합의도 했다. B와 W는 매우 독립심이 강한 아이라는 사실에 주목했다. 나아가 유아를 돌보는 능력이 많이 향상되었다는 사실 또한 강조되었다.

O는 작별 인사를 안 하겠다고 한다. 작별 인사는 싫다고.

* * *

불이 엿새 낮과 엿새 밤이나 타올랐다. 그러다 모든 게 고요해졌다. 바다는 액체로 돌아오고, 땅은 물 아래 조용히 누워 있었다.

* * *

바다와 하늘에 뚫린 물구멍을 다시 맞닥뜨릴 즈음, H와 나는 배 안에 마주 앉아 있다.

가슴에 매단 주머니 속에서 Z가 새끼 캥거루처럼 매달린
다. Z를 데리고 온 게, 조그만 주머니에 넣고 바다로 돌아
온 게, 부끄러운 느낌마저 든다.

나는 H한테 손을 내밀 뻔했다. 하마터면. 바로 위에 H의
두 팔이 있었다.

이 생각은 금방 날아갔다. 스쳐 가는 바닷새 너머로 훨훨.

* * *

상륙. 물에서 육지로. 달에서 지구로.

혹은, 해안은 중간 지대다. 두 세상 중간에 있는 세상, 잠
자리에 책에서 읽은 기억. 엄지손가락에서 고무 맛이 난
다.

물이 밀려들고 밀려나간다. 황량하다. 편안하다. 여기 너무
오래 머물면 안 된다는 걸, 모든 걸 잊어버릴 수 있다는 걸
떠올린다.

* * *

D와 L이 여전히 있을지 모른다고 막연히 기대한다. 모닥불에 생선을 굽고, 북극광에 몸을 그을리고, 머리를 늘어뜨리고, 파도를 타는 사람처럼 느릿느릿 말하면서.

H는 우묵진 곳에 배를 묶는다. 파도에 깎인 좁은 틈새, 거기에 숨기면 된다고 생각한 것 같다.

바위틈에서 돛이 하얗게 펄럭인다는 말은 아무도 하지 않는다.

* * *

사람이 오랫동안 방치한 시설 말고는 아무것도 안 보인다. 우리는 걸어간다. 둘 사이에 Z를 도망자의 보따리처럼 매고, 막대기에 손수건을 묶은 채. 그러다 멈춘다. Z가 꿈틀대기 때문이다. 자루에 든 생쥐처럼.

Z는 제힘으로 기어가길 바라고, 그래서 가끔 그렇게 한다. 길을 가는 게 아니라 잠시 쉬는 것이다. 우리는 묵직한 다리를 풀밭에 맡기고, Z는 우리 몸을 정글짐, 미끄럼틀로 사용한다.

* * *

똑같은 점검 사항. 불쾌한 농담. 이번에는 사람들이 훨씬 점잖다. 벌거벗은 사람도 없다. 사람들은 똑같은데, 곁눈으로 슬며시 살펴도, 벌거벗은 사람이 없다.

H 때문인 듯하다. H의 점잖은 태도. 사람들이 나더러 H 부인이라고 부른다. H는 아니라고는 안 한다.

지금은 오후다. 날씨가 손에 잡힐 듯하다. 냄새나 반복되는 배경음악처럼.

태양이 늙어 보인다. 오렌지색으로 축 늘어진 게 금방이라도 떨어질 것 같다. H는 안개 때문이라고 한다.

* * *

똑같은 사람들이 저쪽에 마차가 있다고 한다. 사람들을 집으로 데려다준다는 것이다.

집 역시 저절로 사라진 어휘다. 나는 여기에 의미를 부여하려, 구체적인 형상을 씌우려 애쓴다. 내가 할 수 있는 건 입을 열었다 닫는 게 전부다, 마지막에 입술을 꼭 다무는 식으로. 집.

나는 Z도 입을 꼭 다물게 한다. 완벽한 색깔로. Z는 이가 여전히 한 개뿐이다.

* * *

라디오에서 변화가 보인다는 소리를 들었다. 하지만 이건 계시에 불과하다, 그해 겨울 처음으로 따뜻한 밤 같은.

생각할 수도 없다. 창문을 모두 열고, 옷을 모두 벗고, 홑이불을 덮고 잘 때까지는.

* * *

우리 같은 사람을 다시 만난다. 쇼핑센터에서 살짝 유명한 사람을 지나칠 때 그러하듯, 매듭진 수수께끼를 알아보는 순간이다.

나는 빨간 곱슬머리에 얼룩진 옷, 지쳐서 얼굴이 축 늘어진 여자를 안다는 느낌이 든다.

그러다 떠올린다. 예전에 빨간 곱슬머리 여자를 알았다는 걸. 다른 여자라는 걸. 다른 곳이라는 걸.

*　*　*

사람들이 예전보다 천천히 움직이는 느낌이다. 공기가 새로운 의미로 다가오기라도 하듯.

나는 사람들의 갈라진 셔츠 틈새에서, 신발에 파인 홈에서 실마리를 찾는다.

하늘을 읽으려고, 구름은 어째서 움직이는지 알려고 애쓴다.

*　*　*

어느 날 깊숙한 곳에서 땅이 솟구칠 것이다. 파도를 뚫고. 땅마다 텅텅 비어, 아침 이슬로 뒤덮일 것이다.

*　*　*

H는 이제 더는 사람을 구하지 않을 수도 있다. 일을 줄이

려는 듯, 구원자 역할을 덜 하려는 듯 보인다.

어쩌면 마차나 그 주변이 시끌벅적하기 때문일 수도 있다. 경찰이 입은 형광 윗도리가 축제를 알리는 광고 같으니 말이다.

석양이 진다. 서서히 땅거미가 내려앉는다. 이윽고 전등이 반짝이기 시작한다. 나는 크리스마스 같다고 꺅 소리친다. H는 아무 말 않는다.

* * *

Z와 나는 두 자리를 배정받는다. 내가 예전에 그랬듯이 Z 또한 진공 포장이라도 한 것처럼 창문에 뺨을 대고 들이밀어 돼지코를 만든다.

마차는 처음 생겨날 때부터 한결같이 똑같은 냄새가 난다. 아무것도 안 섞은 화학물질 냄새.

H가 바깥에 서서 손을 살짝 흔든다. 섬으로 언제 돌아갈지 궁금하다. 나는 그 머릿속에다 메시지를 각인시켰다. O 한테 전할 것을 상세히 말한 것이다.

사람들이 흩어지는 게 보인다. 속을 알 수 없는 H를 파도에 흘러가는 빈 병인 듯 떠나보낸다.

마차는 끔찍하게 흔들리고, 나 역시 Z를 껴안은 채 함께 흔들린다. 이제 우리 길을 간다.

창문 밖이 새까맣다. 처음 나온 사진기처럼.

어디선가 작은 빛 알갱이들이 날아와 우리를 비춘다. 환한 우리 얼굴을, Z의 잘생긴 코를, 헝클어진 내 머리칼을 빛낸다.

10

내가 무엇을 상상하든, 현실은 다르다.

황량하리라 여긴 곳은 자선 바자 분위기다.

서로를 반기고, 차를 마시고, 미소를 머금으며 좌절과 공포에서 벗어날 블리츠 정신(Blitz spirit)을 기대한 곳에는 회색 콘크리트밖에 없고, 울부짖는 사람들이 몸을 질질 끌며 행방불명자 전단이 덕지덕지 나붙은 담장을 지난다.

우리 도시는 여기, 어디쯤에 있다. 하지만 우리는 여기에 존재하지 않는다.

우리 모두 묶여 있지 않다는 게 중요하다.

어디에도 안 묶여, 이리저리 떠다니며 표류한다.

그리고 끝내, 우리를 다시 묶어둘 밧줄은 보이지 않는다.

* * *

빈칸을 채운다. 사람들이 사방에서 몰려들어, 빈칸을 X표로 채우기에 열중한다.

나도 X표를 한다. 홍수로 집을 떠남 칸, 남편이 사라짐 칸, 담벼락에 다닥다닥 붙은 사진을 보았음 칸.

진정제를 받고, R에 대해 기록할 신청서를 받는다. 여자와 아이가 함께 지낼 공간도 배정받는다. 보험회사 초고층빌딩을 개조한 곳.

지금 우리는 81층에 있다.

* * *

오늘 소식은 Z가 좋기도 하고 안 좋기도 하다는 게 전부다.

Z는 이가 아프거나 똥이 마렵다. 그래서 늘 배고프고 힘들어서 짜증을 낸다. 얽히고설킨 수수께끼, 언제나 절반쯤 채우다 만 십자말풀이다.

Z를 데리고 방탄 창문으로 가서 까마득한 아래를 내려다보게 한다. Z가 울지 않는다.

*　*　*

땅은 헐벗고 척박하여 아무것도 안 자라고, 나무도 없고, 꽃도 없어서, 모든 게 고요했다.

*　*　*

낮에 우리는 멀리까지 산책한다.

새로 흔적을 남긴 최고 수위 표시를 우리 눈으로 좇아간다. Z는 몽땅 무너진 자리, 온전히 새로운 모습을 보며 웃는다.

Z한테는 모든 게 배경이며, 도화지에 그린 무너진 풍경이다.

*   *   *

건물마다 생긴 총알구멍이 선사시대에 뚫어놓은 구멍 같다는 사실, 화석과 너무나 비슷하다는 사실을 조금도 몰랐다. 벌레가 기어간 자국, 감염 흔적.

별자리처럼 가득한 상흔. 모든 게 새것 같기도 하고 한없이 오래된 것 같기도 하다.

*   *   *

사람 찾기 앨범에 붙은 사진을 재빠르게 넘긴다. R이라면 걷는 거만 봐도 알 수 있다.

*   *   *

밤에, 저 높은 곳에, 얼굴들이 만화경처럼 펼쳐진다. 얼굴들이 늘어선 화면이 공중에서 꽃처럼 피어난다.

행불자는 눈썹이 짙고 몸매는 호리호리하다. 턱이 갈라졌다. 어릴 적 사고로 흉터가 많다.

특히 마음에 드는 사진 몇 장을 고른다. 어디엔가 있는 홀로그램처럼 가만히 떠올린다.

* * *

열네 살 때 가두시위에 참석한 적이 있다. 우리는 사람이 가장 많은 도심 교차로 바닥에 앉았다. 그래서 자동차를 모두 멈춰 세웠다. 경찰과 깡패들이 우리를 질질 끌어낼 때까지.

지금은 사람이 부대낄 정도로 번잡한 거리가 없다. 우리 서너 명이, 귀환자가, 삶을 되새기는 여행자가, 발을 질질 끌며 지나갈 뿐이다.

* * *

옛날 옛적에는 사람이 땅 밑에 살았다. 그러다 하나씩 하나씩 올라오기 시작했다, 길고 튼튼한 밧줄을 잡고.

* * *

걸으면서 다른 모습도 본다. 가족, 함께 버티는 데 성공한 남자와 여자와 아이들.

달려가서 비결을 묻고 싶지만, 꾹 참는다. 대체로 똑같으니 말이다.

* * *

같은 방에 있는 다른 엄마들에게 말을 건다. 하지만 O 같은 사람은 없다.

게다가 Z는 너무 많이 자란 것 같다. 툭하면 엄마만 알아듣는 소리로 부르면서 손가락질을 한다.

* * *

여행자와 귀환자를 돕겠다고 발표한 최신 계획은 배다. 배라면 오랫동안 지겹도록 탔지만, 이번에는 다른 것 같다. 바다를 건너서 예전에 살던 곳으로 데려다준다는 것이다. 땅이 말랐다면.

말랐다는 건 그 사람들이 사용하는 말이다.

나는 '우리 아파트'라고 내가 말하는, 우리가 한때 살던 곳으로 가는 배를 예약하러 간다. Z에게 보여주고 싶다.

정말로 말랐다면 재입주할 수도 있다고 그들은 말한다. 나는 쫑긋 선 Z의 귀에, 멋진 구멍에 대고, 이렇게 속삭인다. 재입주.

대기자 목록이 너무 길어서 포기하는 게 좋을 듯한데, 그들은 아무 말도 않는다.

Z를 장애인쯤으로 여기는 눈빛으로 바라본다. 그냥 떠난다.

* * *

기다란 복도에는 통신 중단이라는 표지판이 적혀 있다.

친구를 만나자면 거리에서 마주치는 방법밖에 없다. 그물망 같은 시선으로 포착해야 한다.

귀, 뺨. 누군가 아무도 안 볼 때 코를 긁는 습관이라도.

* * *

하루는 직장에 함께 다니던 V를 발견했다. 아무렇지 않게 손톱 뜯는 모습을 보고.

지금은 뜨내기처럼 보인다. 누구나 그런 것처럼.

V가 자기를 보지 않는 느낌이 들자, Z는 손을 내밀고 꺅 꺅대면서 자신의 존재를 알린다.

그럴듯한 건 무엇 하나 없는 게 분명하다고 V가 말한다. 우리 뒤에서 경찰관 하나가 기관총을 만지작댄다.

* * *

사람들은 집을 짓고, 아이를 낳고, 세상을 가득 채웠다. 하지만 얼굴은 심드렁하다. 기쁨과 슬픔을 뒤에 빠뜨렸기 때문이다.

* * *

보험회사 고층빌딩에는 의자가 많다. 부드러운 갈색 모피를 씌운 간부용 의자들.

Z는 새로운 취미가 생겨, 누구나 그렇듯 열심히 즐긴다. 의자를 두 손으로 잡고 온몸을 일으켜 세우는 것이다.

Z가 처음 일어서자, 나는 두 주먹을 불끈 쥐며 환호한다. 엄마 특유의 귀에 거슬리는 고성을 내지르면서.

Z는 환하게 웃으면서 기념으로 의자에 멋진 손톱자국을 남긴다.

나는 제풀에 놀란다. 이 순간에도, 여전히 R에게 말하려고, 아무도 없는 공간으로 머리를 돌린다.

* * *

V는 직장 상사였다. 직속상관. 직장에서 일하는 내내, 나는 V 밑에서 일했다. 나 스스로 어릿광대 같다고 생각한 적이 많다.

나는 매일 5시면 업무를 멈췄다. 사람들이 흔히 말하듯,

깔끔하게 털어냈다.

V는 단 한 번도 일을 멈추지 않았다. 지금은 무얼 하는지, 지금도 끊임없이 일하는지 궁금하다. 한 손은 허공으로 내밀고, 한 다리는 바닥에서 들어 올린 채.

* * *

우리는 한 가족이라고 생각했다. 점심은 늘 함께 먹었다. 매일같이 서로를 확인하고, 똑같은 목표로 나아갔다.

관두니, 남는 건 하나도 없었다.

* * *

공간은 너무나 넓고 사람은 너무나 적은 광장. 물도 안 나오는 분수대에 나는 Z와 단둘이 앉아 있다.

온 세상에 물이 가득한데, 돌로 만든 꼬마 천사는 그 작은 고추로 내뿜을 물조차 없다는 게 우스꽝스럽다.

공간은 너무나 작고 사람은 너무나 많을 때도 있다. 초고층 건물에는 아이를 키우는, 홀로된, 여성 귀환자가 사방에 있는 것 같다.

아이들 가운데 일부는 10대 소년 소녀다. 아이들은 뽀뽀를 하거나 소리라도 지르려고 이리저리 돌아다닌다.

* * *

R이라면 이 공간을 어떻게 여길지 궁금하다. 남자들이 우글거리는, 번쩍거리는 은행쯤으로 여길 것 같다.

커다란 숟가락으로 콩 요리를 내 접시에 철썩 내려놓는 여자에게 묻는다.

Z는 초우량아처럼 음식을 향한다. 두 팔을 앞으로 쭉 내민 채, 빨갛게 반질거리는 유아복 차림으로. Z는 늘 배가 고프다.

여자는 내 말을 무시한다. 대신 Z의 뺨을 꼬집으며 입술을 쭉 내민다. 사람들이 모두 웃는다.

* * *

지난 일은 이제 모두 하찮다.

책에서는 아기가 밤새 곤하게 잘 거라고 했다. 생후 3개월에, 6개월에, 9개월에.

지금은 아무도 밤새도록 자지 않는다.

* * *

사람들은 높은 산에 올라서 동이 터오길 기다렸다. 수많은 날을 기다린 끝에, 마침내 떠오르는 아침 샛별을 볼 수 있으리라 여겼다.

* * *

기나긴 밤이 푸르스름하게 밝아오도록, 의자 사이를 가로지르는, Z의 새로운 취미에 맞는 이름을 떠올린다. 순항.

지금 너는 순항하는 거라고 잠자는 Z에게 속삭인다. 옷을 잔뜩 껴입은 Z가 꼼지락거리더니, 목에 팔을 올린다.

* * *

우리는 몇 년째 매일 똑같은 광장에 간다.

혹은, 어느 긴긴 오후, 우리 둘의 그림자는 어둡게 겹치고,
삶에서 깊은 정취가 풍긴다. 영원히 지속되는 인상.

11

빛이 달라진 듯하다. 이제 자욱한 안개만 있는 게 아니다.

예전에도 한 번 달라졌다. 버스에 깔리듯 남자애 밑에 처음 깔렸을 때.

남자애는 내가 처음 느낀 황홀한 빛을 비스듬히 비춰줬다. 테이블 위를 가로질러 스물스물 기어 오던 그 아이.

* * *

지금은 빛이 활기차기보다는 느리다.

빛은 우리를 넘어 다리로 가고, 우리는 아무 일 없는 듯 가만히 선다. 가장 훌륭한 다리에서는 어떤 각도로 보든, 도시 전체가 조금도 달라지지 않은 것처럼 보인다.

너는 빌딩에 사람을 채울지 말지, 닫을지 열지를 선택할 수 있다. 눈을 깜빡여서 물체를 왼쪽에서 오른쪽으로 옮길 수도 있고.

그래, 맞아. Z에게 말한다. Z가 손가락으로 가리킬 때.

Z에게 말한다. 빌딩마다 사람이 가득하다고, 다들 컴퓨터 앞에 앉아 있다고, 중요한 일을 한다고.

그러다 속으로 중얼댄다. 텅 비었다고. 책상은 줄줄이 늘어섰으나, 서류가 엉뚱한 곳에 나뒹군다고.

양탄자 한가운데에 종이 한 장이 있다. 희고 네모난 쓰레기.

* * *

처음에는 해도 달도 없었다. 하늘에 뚫린 구멍에서 여신이

148

나타나, 바다로 천천히 내려왔다.

* * *

나는 Z가 기어서 다리를 건너도록 할 수 있으나, 그러다가 끔찍한 장면에 맞닥뜨릴 수 있다.

조그만 몸뚱이, 황금빛 머리가 공중으로 떨어져, 닻처럼 강물을 때리며 풍덩 가라앉는 장면.

Z가 이렇게 죽는 장면이 지금껏 꾼 백일몽 가운데 가장 생생하다.

* * *

R의 얼굴을 볼 수 있는 것. 빈 음료수 깡통, 강물로 떨어지는 빗방울, 몽당숟가락.

자동차는 죽은 자를 위해 전조등마다 내게 묻는다.

* * *

어느 날 아침, 나는 새로운 빛이 여름일 수 있다는 걸 깨닫는다.

초고층빌딩에는 커튼이 없다. 우리는 매일같이 타는 듯한 햇살을 맞으며 깨어난다.

Z는 즉시 깨어난다. 잠은 환상이며 상상조차 할 수 없는 공백이라는 듯.

Z는 아무것도 없는 무에서 벗어나듯 잠에서 깨어난다. 갑자기, 조금도 놀라는 기색 없이.

* * *

새들이 하늘에서 내려오는 여신을 지켜보았다. 새들 곁으로 내려온 여신은 물로 뛰어들어 땅을 찾으라고 했다.

* * *

오늘 아침, Z가 바위산을 기어오르듯 침대 옆을 움켜잡고는 나에게 보여 준다. 조그맣게 이가 올라온 잇몸.

Z가 내 넓적다리 사이로 손가락을 밀어 넣는다. Z한테 나는 장난감에, 기어오를 반죽 덩어리에 불과하다.

* * *

나는 Z에게 먹이고 나도 먹는다. 차례대로 그렇게 먹는다.

음식을 가득 뜬 숟가락이 있고 Z의 입으로 다시 들어가는 숟가락이 있다. 이런 느낌이 든다. 숟가락은 늘 한 자리를 지키고, 내가 숟가락으로 되돌아가는 듯한 느낌.

음식을 먹으면 속이 부대낀다. 위가 제 기능을 잃었다.

그럴 때면 Z 생각이, Z가 몸속에서 움직이던 느낌이 떠오른다. Z가 몸에서 빠져나오는 건 아닐까, 살과 근육이 발톱에 베이는 건 아닐까 가끔은 걱정스러웠다.

지금 생각하니 임신은 대단한 모험이었던 듯하다. 정말 용감했다. 책에 적힌 대로, 배가 곱절로 커지는 걸 감수한다는 것. 태반이 모든 걸 빨아들이도록 허용한다는 것.

자기 몸에 흐르는 피로 태아한테 영양을 공급하는 동물은 인간과 원숭이밖에 없다고 한다.

새끼가 엄마 품으로 돌아와서 이리저리 파고드는 걸 허용하는 동물은 인간과 원숭이밖에 없다.

*　*　*

'과학자들이 엄마의 뇌에서 자녀의 세포를 발견했다'는데, 쌀밥 한 사발보다 많다고 한다.

Z가 꼼지락대더니 팔꿈치로 내 엉덩이를 찌른다.

나는 다음 논문에서 엄마의 뇌에 아이가 가득 들어찼다고, 밀봉한 필름처럼 완벽하게 감쌌다고, 설명하길 기대한다.

*　*　*

새들은 땅을 찾아서 물속으로 뛰어들고 또 뛰어들었다.

*　*　*

소식이 편지 형식으로 온다. 타이프로 친 듯하다. 전보랑 비슷하다.

R을 찾았다. 병동 대피소 73A호실.

나는 편지를 물끄러미 바라보고 내용을 잊어버렸다가 다시 떠올린다. 내용이 뇌 속에서 자라나는 느낌, 소식을 담은 세포가 뇌 속에 늘 머물 듯한 느낌이다.

* * *

Z가 손을 놓기 시작했다. 일이 초 동안, 두 다리로 일어선다.

이 광경을 보니 숨이 막힌다. 갑자기 공기가 찢어지고 흩어진 듯하다

* * *

'병동 73A호실'이 나의 시야 한쪽을 파고들기 시작한다. 삼키지 않으려고 애쓰는 껌처럼 혓바닥에 달라붙는다.

머리에 붕대를 두르고 깁스한 다리를 천장에 매단 남자들만 머릿속에 가득 떠오른다.

* * *

아-빠-빠-빠-빠-빠, Z가 웅얼댄다. 2초 동안이나 선다. 이제 3초.

* * *

제일 쉬운 방법은 걷는 것이다. 그래서 나는 Z를 어깨 위로 목말을 태운다. 대단한 발전이다. 그러고는 쓰레기밖에 없는 거리를 한두 마일 걷는다.

Z가 내 머리카락을 당기곤 한다. 한 걸음 한 걸음이 힘들다.

* * *

재결합 장면이 텔레비전에 나온다. 버튼을 누르면 번쩍하면서 가장자리가 뒤로 밀리는 스크린. 보라색, 겉만 번쩍거리는 질감.

154

커다란 목소리로 이름을 외치는 사회자. 스튜디오 불빛 아래 부둥켜안는 어깨와 뺨.

밝게 빛나는 환희, 맞닿는 살, 오랫동안 억눌린 이별, 머나먼 거리.

* * *

실상은, 겨우 몇 초 동안 오래된 얼굴에 카메라 초점을 맞출 뿐이다.

너무 비좁은 상점에 들어선 손님들처럼 서로 제대로 말도 하지 못하고 지나친다.

공손한 사죄, 그 밑에 녹아 있는 모든 삶.

* * *

몇 주 몇 달이 모여서 R의 피부를 두껍게 만든 듯하다. 코는 왼쪽으로 1mm쯤 비뚤어진 듯.

달라진 점을 찾아내 한두 마디 하려고 애쓴다. 그러면 도움이 될 것 같다.

예전의 미소 가득한 얼굴은 떠올리지 않으려 애쓴다. 갓난
아기 때 시작해서 계속 이어지던, 서랍 구석에 모아놓은
사진 속 미소.

늦여름 정원에서 찍은 미소, 목욕하면서 찍은 미소, 학창
시절 기념사진마다 보름달처럼 떠오르는 미소.

* * *

R이 내 얼굴에 손바닥을 올린 것 같다. 다시.

그 손을 내 손으로 잡으려 한다. 너무 꽉 쥐려 하지는 않는
다.

토끼를, 아니, 산토끼였나? 떠올린다. 재빠른 눈동자, 털로
뒤덮인 몸뚱이에서 쿵쾅대던 심장.

* * *

R은 곧 떠날 수 있다고, 간호사들이 말한다. 중요한 건 '사

후 계획'이라고 계속 강조한다.

나는 기꺼이 응한다. 하지만 '사후 계획'은 나를 말하는 듯하다. 그들이 기다리던 '사후 계획'은 바로 나다.

* * *

R은 침대에 누워 있다. 하지만 중요한 건 그게 아니다. 문제는 시트와 베개와 까칠한 순모 담요 같은 게 결코 아니다.

그건 아무 데도 없으나, 어디에도 있어. 여전히 R의 목구멍에 걸린다. R은 그걸 꿀꺽 삼킨다.

* * *

우리는 마른 지역 명단에 들어 있다고 R에게 말한다. 우리가 살던 집이 온전하다는 뜻이라고 덧붙이자, R이 좋아하는 것 같다. 뺨에 이는 경련이, 씰룩거리는 움직임이 행복한지 불행한지를 드러낸다.

아직은. 부쩍 자란 아기를 R 옆에 내려놓자, Z가 얼굴을 바싹 들이민다.

R이 똑바로 선 Z를, 많이 달라진 Z를 안는다.

둘이서 코를 맞댄다. 에스키모 키스. 오래전부터 내려오는 인사법.

이게 재결합이겠지. 재결합의 시작 같기도 하고.

12

우리는 34호 배에 올라탄다. 지금은 어디에든 숫자를 붙인다. R은 그 원리를 찾고, 나는 그러지 말라고 권한다. 이게 '사후 계획'이다.

Z는 자신이 배에서 얼마나 잘 지내는지를 아빠에게 보여주지 않는다. 우리의 절박한 처지, 금방 터질 듯한 분위기를, 알아챈 듯하다.

생각과 달리 바다는 짙은 잿빛이다.

Z가 내 가슴에 머리를 쿵 들이박는다.

젖가슴을 찾아서 옷 속으로 손을 들이민다. R이 눈길을
돌린다.

* * *

새들은 땅을 찾아 물속으로 뛰어들었지만, 어떤 새도 아
주 작은 땅조차 찾을 수 없었다.

* * *

우리는 개인용품을 모두 챙겼다. 안내문에 적힌 대로. 플
라스틱 가방 하나에 다 들어간다.

R이 얻어 입은 티셔츠를 넣고, Z의 양말은 사각팬티 두 장
으로 감싸서 넣는다.

R은 모든 걸 잃었다고 말한다. 아니, 모든 걸 빼앗겼다고
나는 추측한다. 이제 더는 추측하고 싶지 않다.

* * *

나는 안내문의 문투를 가만히 생각한다. 단순명쾌하다. 너

무 많은 걸 기대하지 말라는 경고다.

R과 내가 가까워지자 Z도 기분이 좋아진다. 내 무릎에 서서, 망보듯 수평선을 바라본다. 두 손으로 나를 꼭 잡고 내 머리보다 높이 올라가니, 나는 Z가 흔들어대는 무게를 온전히 다 느낀다.

*　*　*

우리 집은 꼭대기 층이다. 그래서 진작에 다 말랐다.

방마다 학교 가는 분위기, 예전 그대로, 기다리는 중이다.

다른 귀환자들도 먼지처럼 모여든다. 일을 마치고, 휴가를 갔다가, 돌아오듯. 살짝 신선한 변화다.

*　*　*

망가진 물건, 흠뻑 젖은 잡동사니 사이에 뭔가 새로운 게 있다. 넓게 퍼진 얼룩, 벽에 가득한 곰팡이.

장면 장면마다, 중국 도자기 같은 희고 푸른 얼룩마다, R

은 비어 있던 시간을 느끼는 듯했다. 이건 '사후 계획'에 해당되지 않는다.

R이 달린다. R이 숨는다. 그러면서 자기가 삼킨 세상이 다시 펼쳐지는 모습을 지켜본다.

* * *

주방에도 남색 곰팡이가 퍼졌다. 들떠서 떨어져 나간 바닥, 그 패인 자리를 손으로 더듬는다. 떨어진 모서리가 우둘투둘하게 느껴진다.

벽에 얼룩진 흔적을 손으로 따라간다. 정맥처럼 지나간 물길이 우리가 놓친 하루하루를 보여 준다.

* * *

아기방으로 들어간다. 원래 목적으로 사용한 적이 한 번도 없는 방이다. 벽마다 노랗다. 레몬 속처럼 연한 노랑이다. 우리는 Z가 사내아이일 줄 몰랐다.

나는 Z를 요람에 넣을 뻔했다. 생전 처음으로. 스펀지처럼

물을 흠뻑 머금은 친환경 매트리스에 Z가 두 발을 넣으려
한 것이다.

하지만 R이 지난 이야기를 할 때도, R이 숨어드는 공간에
도, 일정한 특징이 있다.

* * *

*새 한 마리가 까마득한 밑바닥 끝에서 흙을 가져온다. 부
리에 황금인 듯 물고.*

* * *

R이 방에서 물건을 하나씩 하나씩 집다가 다시 떨어뜨린
다.

나는 R의 손가락만 만진다. 피아노를 칠 줄 아는 커다란
손.

이렇게 우리는 서로를 만진다. 망가진 방에서 손가락으로.
새로운 빛은 우리 둘레를 천천히 감돌고, 우리의 아이는
내 품에서 꼼지락거린다.

                    *   *   *

흙은 사방으로 뻗어 나가 산이 되고 들판이 된다. 마침내
온 세상을 이룬다.

                    *   *   *

나는 일 년 전만 해도 눈부셨으나 지금은 썩어 문드러진
나무에, 축축한 판자에 Z를 내려놓는다.

Z가 우리 무릎을 가만히 붙잡으며, 아빠 엄마라는 느낌을
더듬는다.

그러더니, 손을 놓는다.

Z가 두 다리로 딛고 우뚝 선다. 두 팔을 들어 균형을 잡는
다.

다리 하나를 들더니 – 말도 안 돼, 말도 안 돼 – 한 발을
내딛는다.

역자 후기

지구 온난화로 세계가 떠들썩하다. 인간은 산업혁명부터 시작해 지금까지 지구 환경에 심각한 영향을 미치고 있으며, 지구는 그런 인간에게 반격을 시작했다. 빙하가 녹아 해수면이 올라가고 있다.

극지방의 빙하가 다 녹으면 해수면이 몇십 미터 올라간다고 한다. 그렇게 되면 전 세계 대도시들과 주요 경작지들은 대부분 바다에 잠긴다. 더위와 추위는 물론, 경험하지 못한 이상기후가 요동칠 것이고, 태풍과 폭우와 가뭄은 전례 없는 파괴력으로 전 세계를 휩쓸 것이다. 재난은 이미 시작되었으며 그 결과는 앞으로 수십 년 사이에 나타날 것이다.

주인공은 이런 시점 어딘가를 살아간다. 지금껏 살던 대도시 고층 아파트가 해수면 상승으로 잠기자, 산골 시부모 댁으로 피난을 가는데, 생활공간도 식량도 부족하다. 곳곳에서 식량 쟁탈전이 벌어지고, 그 와중에 시부모가 차례로 목숨을 잃는다. 그래도 주인공에게는 삶의 희망이 하나 있으니, 그건 이제 막 태어난 아기다. 아기만 보고 있으면, 아기에 코를 대고 체취를 맡으면, 온갖 시름이 사라진다. 살고픈 욕구가 일어난다. 온갖 고통과 절망 속에서도 한 줄기 빛이 뻗어 나간다. 갓난아기는 새로운 출발을 상징한다. 인류 문명이 끝나는 시점에 새롭게 출발한다는 희망이 있는 것이다. 그렇다. 무어든 끝나야 새롭게 시작한다.

저자는 인류 문명이 끝나는 지점에서 느끼는 슬픔과 고통을, 하지만 아기를 통해 느끼는 새로운 희망과 의지를 과학적 논리가 아니라 시적 감성으로 풀어나간다. 아기를 떠올리는 순간, 지구 온난화와 인류 생존은 포기 대상이 아니라 극복 대상이 되는 것이다. 이런 용기가 우리 모두에게 뻗어 나가, 인류 전체를 포용하는 형제애와 모성애로 기후 위기를, 아니, 그 원인으로 작용하는 자본주의의 탐욕과 위기를 극복할 수 있기를 바랄 뿐이다.

끝, 새로운 시작

초판 1쇄 발행 2022년 12월 12일

지은이 메건 헌터
옮긴이 김옥수

펴낸이 장종표

편집 배정환, 김효곤   디자인 권승희

펴낸곳 도서출판 청송재
등록번호 2020년 2월 11일 제2020-000023호
주소 서울시 송파구 송파대로 201 테라타워2-B동 1620호
전화 02-881-5761 팩스 02-881-5764
홈페이지 www.csjpub.com
페이스북 www.facebook.com/csjpub
블로그 blog.naver.com/campzang
이메일 sol@csjpub.com

ISBN 979-11-91883-11-4 03840

※ 책값은 뒤표지에 있습니다.